JN307497

密通

新装版

平岩弓枝

角川文庫
15034

目次

密通

一

表口に廻《まわ》るのが億劫《おっくう》で、枝折戸《しおりど》を押した。狭い庭を横切るといきなり濡《ぬ》れ縁へ立った。

「あ、先生、お帰りなさいまし」

気配で出て来た内弟子が、慌《あわ》てて手を突いた。常になく着流し姿である。よれよれの単衣《ひとえ》から細っこい毛臑《けずね》がのぞいている。

建部綾足《たけべあやたり》は赫《かっ》となった。唇がひくひくと痙攣《けいれん》した。

「何のざまだ。昼日なかから……」

浅草金竜山下《きんりゅうざんした》の広くもない住いである。若い妻がこの内弟子と二人きりで留守をしていた筈《はず》だ。

手荒く障子を開けた。二、三日涼しい日が続いて、張り替えたばかりの紙の白さであった。

夫の声に驚いて、おこうが膝《ひざ》をあげかけた所であった。見覚えのある、内弟子の木綿の袴《はかま》が妻の手にあった。

「なんだ。これは……」

突っ立ったまま怒鳴った。

血相が変っていたに違いない。

おこうは怪訝《けげん》な眼をした。中腰になっている姿がひどく不安定で、なまめかしい。

夫の視線を追うとお歯黒を笑いこぼした。

「茂三郎の袴でございますが、ひどく破れておりましたのでちょっと繕《つくろ》ってやろうと存じまして……」

成程《なるほど》、白い糸のついた針が袴の裾《すそ》で光っている。針箱が出ていた。

「あの、どうか致しましたのでしょうか」

白々とした顔でおこうは童女のようにあどけなく夫へ訊《き》いた。小首をかしげ、斜《はす》かいに夫を見上げた。見馴《みな》れた妻の媚態《びたい》が今日は殊更《ことさら》、身ぶるいする程不快だった。

中腰のままおこうは袴から針を抜き、紅の口を近づけてぷつりと糸を切った。

茂三郎が無骨な手つきで茶を運んできた。おどおどとした恰好《かっこう》である。

綾足は妻の手から袴を引ったくった。汚いもののように内弟子の足許《あしもと》に放った。

「見苦しい。持って行け」

茂三郎は袴を取上げておこうに手をつかえた。

「奥様有難う存じました」

「うるさい。下っておれ」

唾《つば》でも吐きそうな表情でいらいらと手をふった。茂三郎は泣き出しそうな顔をして出て行った。

この春、出羽国大館《でわのくにおおだて》の近くの綴子村《つづれこ》という片田舎から出て来たのだから、まだひどく泥くさく野暮ったい。十九歳だというのに、子供子供していた。

おこうとどうこう出来るような相手ではない。疑いを持った事が笑止ですらあった。

綾足は漸《ようや》く肩を落した。口の中が乾いていた。おこうが乱れ箱を運んできた。着替えを手伝っている妻の髪の鼈甲《べっこう》の平打ちが艶《つや》かである。のぞけた襟元が桜色をしている。

体中の色っぽさが匂いこぼれる様な女である。玄人《くろうと》上りではない。生れつきそういう性質の女なのである。

気難しい顔を作って綾足は机の前へ行った。ふりかえらず、

「県居《あがたい》の……」

おこうは、いそいそと立って四角い風呂敷包《ふろしきづつみ》を持って来た。夫の前で解く。半紙をとじた一冊を机の上に開いた。墨つきの柔かな文字だ。おこうの毛蹟《もうせき》であった。

日本橋浜町に居をかまえ、県居と称して門人を指導している国学者、賀茂真淵《かものまぶち》の講

義を筆写したものである。おこうは昨年の暮から県居の門人になっていた。入門させたのは綾足の意志である。妻の学問のためではない。己れが入門を許されるまでの代理の心算《つもり》である。建部綾足の妻女という身許を秘めておこうは知人の紹介で県居へ弟子入りした。

眉間《みけん》に縦皺《たてじわ》を深々と寄せ、綾足は書写本に見入った。十六歳の年齢に嫁いできて以来、一度も自分から書物を読む姿を夫に見せた事のないおこうであったが、綾足は妻を自分の身代りに、国学の講義を盗ませにやることについて、少しの不安ももたなかった。字にも書にも一応のたしなみのある女だった。喰《く》い入る様に文字を追う。おこうが写して来た以上のものを、綾足は妻の文字の裡《うち》から吸い取ろうとした。貪欲《どんよく》な切れの長い眼であった。

行灯《あんどん》の仕度《したく》をして、おこうは厨《くりや》へ下りて行った。内弟子に水を汲《く》ませる声がする。調子に屈託がなかった。夫が自分と内弟子とがどうこうしたと疑ったとは毛すじほども気づいていない。

綾足はちらと部屋の隅に目をやった。針箱が置き去りになっている。

人妻が夫の留守に若い男と同席し、相手の袴を脱がすというのが、どれ程重大な意味を持つか、町家育ちのおこうはつい迂闊《うかつ》に気づいていない。

（武家の妻女だったら、ただでは済まぬ）

武家の妻女、という言葉が彼の古傷に触れた。眉《まゆ》を顰《ひそ》めた。

かすかな衣《きぬ》ずれがしておこうが入ってきた。火打石を擦っている。

行灯に火を点《つ》けた。

なんでもないそんな動作にも妙に男心をそそるものがある。

綾足は目のすみで眺めた。

おこうは自身意識してそうふるまっているのではない。自然に身についているのだ。

(意識してないだけに始末が悪い)

妻の体にそうしたものがあるのを、綾足が気づいたのは夫婦になってからである。

どきりと胸をつかれたものだ。

妻以外にもう一人、こうした体つきの女を綾足は知っていた。取り返しのつかぬ事をしたと思った。綾足の心に或《あ》る不安がつきまといだしたのはそれ以来である。

表を水売りの呼び声が通った。商売帰りらしい。気のない売り声である。

僅《わず》かな風に軒しのぶの葉が揺れていた。

二

夕顔の垣根を折れた所で、綾足は背後から声をかけられた。

「これは加藤どのの御子息……」

相手は浅黒い精悍《せいかん》な額にうっすらと汗を滲《にじ》ませ、若々しく会釈《えしやく》した。

「御無沙汰《ごぶさた》を致しております。父が一度お邪魔せねばと口癖に申してはおるのですが……」

並んで立つと背恰好《せかつこう》は綾足と同じようなものだが、肩幅はがっしりと厚い。若いに似ず白地の蚊絣《かがすり》に黒の夏羽織という洒落《しやれ》た着こなしが身についているのは、父祖代々、町与力という育ちのせいかも知れなかった。

私用で黒門町へ行くというその加藤要人《かなめ》と連立って綾足は湯島聖堂の甍《いらか》の見える坂道を下った。残暑はまだ続いていたが、日射しは秋のものである。遠く松の梢《こずえ》がすがすがしい。

「県居《あがたい》の事ですが……まだ先生のお許しが出ませぬが、父も折に触れお願い申しております故、その中《うち》には先生のお心も解けようかと……今暫《しばら》く御猶予下さい……」

道々言い難そうに口籠《くちご》る要人へ綾足は薄く苦笑した。

「いや、枝直《えなお》先生も公務御多忙の身分、一介の俳諧師《はいかいし》に、その御斟酌《しんしやく》は無用でござる。もともと、身から出た錆《さび》ゆえ……」

切れ長な眼に自嘲《じちよう》が光った。

要人の父、加藤枝直はかつて大岡越前守《えちぜんのかみ》配下としてきけ者といわれた辣腕《らつわん》の与力だが、一方、国学を好み中年から賀茂真淵《かものまぶち》に師礼を取っていた。俳句の席で知り合ってから格別昵懇《じつこん》というわけでもないが、綾足は意識的に年末年始の挨拶《あいさつ》に自分から邸《やしき》へ出向いていた。無論相手の職業なり地位なりを計算に入れての上だ。

県居へ入門の紹介を依頼したのは昨年の事である。建部綾足といえば俳人、凌岱《りようたい》としても画人、寒葉斎としても一応その道では名の知れている男だったし、国学は当時、流行のきざしは見えていたが、入門は官学と違って子弟の身分や家柄に拘束される事もなかった。賀茂真淵に師事して国学を学ぼうとした綾足の意志は容易に達せられる筈《はず》であった。紹介の労を取った加藤枝直は真淵とは長年の知己でもある。にもかかわらず、真淵が諾を与えないのは一にも二にも、綾足の毒舌の所為《せい》であった。

「俳論にしても、画論に於《お》いても一流の見識を持つ男だが、どうしてああも敵を作りたがるものか……」

と彼を擁護する立場の枝直ですらが言い、

「弁口を以《もつ》て人を傷つけ、快とする輩《ともがら》は……」

と真淵は婉曲《えんきよく》に忌避した。加えて俳諧に於ける彼の過去が一層、真淵の心証を悪くしていた。

「諸方の俳諧師の許《もと》を転々としそれぞれに師事しながら、恩義を平然と泥足にかける、そうした忘恩の徒では……」

県居へ嵐を持ち込むようなものだと言う。

噂は要人も聞いている。だが彼は現在並んで歩いている綾足をそうした先入観で見ようとは思わなかった。与力という職業の上から父親が苦労して身につけた心がまえを、息子は天性の質として持って生れていた。

町並に入った所に古本屋があった。老舗《しにせ》らしく店構えも広い。掛け看板の下に横額に入った由緒ありげな一書幅が飾られている。綾足はふと立ち止った。要人も足を止めて、店を覗《のぞ》いた。

「こりゃあ、加藤様の若旦那《わかだんな》様で……」

亭主とは馴染《なじみ》らしい。揉《も》み手をしながら飛び出して来た半白の老人は要人の連れと見て、綾足にも小腰をかがめた。その背へ、さりげなく、

「これが、噂の軸か」

綾足が訊《き》いた。

「へ、左様で……お書き下さいました大雅堂先生がどうしてもお明かし下さいませんので手前どもでも未《いま》だに何と読むやらとんとわかりません……早くどなたかに解いて頂きたいものでございますよ」

亭主は相好を崩して笑った。

金泥で雲形を彩《か》いた地に大雅堂独特の筆で漢字をぎっしりと書き散らしてある。

「だいぶ評判になりまして御聴堂帰りの若い方々がお立寄り下さいますが御解読なさる方がございません。出典は漢籍らしいとの事ですが……」

「ふん、赤児《あかご》だましな……」

ついと綾足が歩き出した。口許に冷たい笑いが浮かんでいる。亭主が聞きとがめた。

「もし……赤児だましとおっしゃいますのは……御判読なさいましたので……」

商売物を鼻の先であしらった風なのがひどく癇《かん》にさわったものらしい。

「承りましょう。一体、何と読みますので……」

綾足は要人をふりむいた。

「近松の浄瑠璃《じょうるり》に桂川連理《かつらがわれんり》柵《のしがらみ》と申すのがあるが御存じかな」

「さあ手前は……」

要人は生真面目《きまじめ》に微笑した。笑うと歯が白い。亭主が傍から口を挿《はさ》んだ。

「お半長右衛門《はんちょうえもん》の芝居でございましょうが」

「床本《ゆかほん》はあるか」

「へ……？」

「あれば、それを最初から読めばよい。それがこれだ」

軸へ顎《あご》をしゃくった。呆気《あっけ》にとられている亭主を尻目《しりめ》に要人へ言った。

「お半長右衛門の浄瑠璃を万葉仮名《まんようがな》で書き散らしただけの事だ。大雅堂も人さわがせな御仁《おひと》人ですな……」

薄い唇でひんやりと笑った。


県居の賀茂真淵から入門を許すという知らせがあったのは、十日ばかり経っての事であった。使は加藤枝直の邸の者が来た。

「加藤様の御子息様がそれは熱心にお口添え下さいましたそうで……。貴方《あなた》が大雅堂の書いた軸を浄瑠璃を万葉仮名で写したものと一目でお見破りになった事が県居では大層な評判でございますよ。それ程、古語古文に造詣《ぞうけい》の深いお人ならという事で入門のお許しが出ましたとやら……」

県居から戻ってきたおこうがいそいそと告げた時、綾足は庭の桔梗《ききよう》を写生していたが、唇にだけ、例の人を小馬鹿にした様な笑いが浮かんでいた。

宝暦《ほうれき》十三年九月、烏計非言《うけひごと》（なんぞ非言を計らんや）という入門の誓詞を一札入れて、建部綾足は漸《ようや》く県居門人に列した。

三

月の出の早い夜を選んで、綾足《あやたり》は加藤枝直《えなお》親子を池《いけ》の端吹上《はたふきあげ》の料亭氷月へ招いた。県居《あがたい》入門の世話になった礼心である。

「殿方のお席へなまじ女の私などが……」

とおこうはしきりに同席を拒んだが、

「わしは席のとりなしなどは不得手だし、県居の事は其方《そなた》のほうが詳しいのだから……」

なにかの話相手になるだろうと、綾足は有無を言わせず妻の仕度をせき立てた。

客は一人きりだった。

「父はあいにく如何《いか》ようにても欠かせぬお上《かみ》の御用にて……。不参の無礼を重ね重ねお詫《わ》び仕《つかまつ》れと申しつかって参りました」

綾足は不快を目の底だけで消した。背後に手をつかえているおこうを、

「手前、家内にて」

と紹介した。

顔を見て、要人《かなめ》は驚き、

「やはり……」

と呟《つぶや》いた。

「やはり……とは……？」

綾足は解《げ》せなかった。県居へ通っていたおこうが、建部綾足の女房であるとは、知る筈《はず》がないのである。加藤の邸へ、おこうを使に出した事もないし、要人は勿論《もちろん》、枝直も綾足の家を訪ねて来た事はない。

「実は……」

要人は苦笑まじりに、盃《さかずき》を受けた。

氷月の女中が料理を運んで来た。

「全くの、父の当て推量なのです。おこう殿はもしや建部殿の御内儀ではないかと……」

「ま……」

おこうは酌をするために少しばかり膝行《しっこう》した。

「その様な事を、いつ頃……？」

「さ、いつでしたか、今年の春あたりではなかったかと思いますが……理由があっての事ではない、町与力の勘じゃと笑い捨てましたので、手前もうかと聞き過しておりましたが……」

お引合せ頂いて驚きました、と要人は屈託なく笑った。何故、妻女を偽って入門させたかなどと野暮な詮索《せんさく》もせず、勧められる儘《まま》に箸《はし》を取り、盃をあける要人をおこうは奇異な思いで見た。県居で何度も同席はしていたが口をきくのは今日が初めてである。

(夫なら)

無意識に比べていた。こんな場合、相手を追及して止まない筈だ。素性をかくして妻を入門させ、講義盗みをした事を、相手が一言の弁解も出来ないまでに追いつめ、責め問わずにはおかないと思う。

(喰《く》うか喰われるかだ。相手を斃《たお》さなければ己れが殺《や》られる。それが世の中というものだ……)

という夫の主張にいつか馴《な》れ、馴らされて来た自分がふと省みられた。

綾足は酒だけを呑《の》んでいた。箸は殆《ほとん》ど取らない。そういう性質の酒であった。酒の味を存分に吟味しながら飲む。それでいて酒量は多かった。口数は寡《すくな》い。

話題は自然、県居の事どもになった。要人は酔うにつれ伸び伸びした話しぶりになる。国学よりも作歌の方が巧みだし、性に合っているらしい。話がそこに落着くとずんと熱が籠《こも》った。歌道なら女にも入りやすい。客の相手をするという気持もあった。おこうは傍の夫を忘れたような恰好《かっこう》になっていた。

綾足は縁に出た。月を仰いで句を案ずるといった形である。心に俳諧《はいかい》はなかった。むつまじく語り合っている妻の声を背で聞いた。若やいだ声であった。やや低めな、少しかすれた声が綾足の心に引っかかる。

麻の葉くずしの地味な江戸小紋の袷《あわせ》がおこうを逆に年齢よりも若く引き立てている。

まだ薄着なので光の加減によっては体の線が露《あら》わに映る。崩れているというのではないが、僅《わず》かな動きによって微妙な雰囲気を醸し出す。眼鼻立ちのはっきりした派手な貌《かお》でもある。唇がぼったりと厚い。一まわり余も年下の妻であった。

(兄と嫂《あによめ》とが、そうであった……)

綾足は月明りの庭を眺めた。こんもりした八ッ手の小暗がりには筧《かけひ》が細く水音を流している。月は生れ故郷、津軽《つがる》の夜へ続き、闇は二十四年前の嫂の部屋へつながった。

闇の中で摑《つか》んだ嫂の掌は汗ばんで焼け石のように熱かった。

兄と嫂との間が格別、不和であったとは思えない。嫁いで来て五年、娘から人妻へと、兄によって微妙に変えられて行った嫂の姿態を綾足ははっきり記憶している。

兄が国許《くにもと》を留守にした期間は一年近かった。その事の他に、綾足はそうした結果になる十日ばかり前の午後、ちよという小間使に戯れている現場を嫂に見つかっていた。咄嗟《とっさ》に襖《ふすま》を閉め、廊下を遠ざかって行った嫂の、せわしない息づかいを、その嫂と道ならぬ恋に落ちてからも綾足はよく思い出した。

(女などというものは野分《のわき》の風のように頼りないものだ……)

不倫の事実が発覚して里方へ戻され、親類の者たちが寄ってたかって半ば強制的に自害させられた嫂に対しては不思議な程、痛みを覚えていなかった心が、妻を寝取られた兄を想う時、やり切れない気持になった。津軽藩国家老という家柄を捨て、国許を出奔して以来、兄とは義絶同様行き来をしていない。

(嫂の体が俺をそそのかしたのだ。俺の罪ではない)

むしろ自分は被害者の立場なのだと綾足は信じている。それでいて心のどこかに兄に対する負い目がこびりついていた。仏門に入っても俳諧師として流浪した時も、江戸に居をかまえ、妻《めと》を娶った今でさえも、綾足は心の重荷をずしりと肩に背負ったなりであった。

おこうと要人の話し声は座敷の中でまだ続いている。相変らず歌の話であった。

(嫂はおこうのような体つきの女だった)

それが綾足を絶えず落着かせなかった。男が惹《ひ》かれる姿態なのである。体の表情が男を誘っている。当人の意志とは別のものであった。間違いを起しやすい女の様に綾足には見える。

（嫂と同じ過ちを犯すのではあるまいか）

とりとめもなく思った。否と微笑する。

（俺に惚《ほ》れ抜いて、押しかけて来た女だ）

自惚《うぬぼ》れだけではなかった。

おこうは伊勢《いせ》の俳人、梅路《ばいじ》の姪《めい》で幼少から梅路の許へ身を寄せていた。俳諧師として諸国を転々としていた二十代の綾足が梅路の神風館に滞在中にめばえた恋を、おこうは、梅路が老病で死ぬと、姪の行く末を頼むという伯父《おじ》の遺書を頼りに、はるばる江戸の綾足を訪ねて来た。そんなおこうの一途《いちず》さが綾足を安堵《あんど》させた。

この女なら信じてよいと思った。女道楽はしていたが、女房を持つことにひどく臆病《おくびよう》であった。綾足が女を考える時、必ず嫂が重なるのだ。身よりもなく綾足一人が頼りのようなおこうには、他の男がつけ入る隙がないように思えた。なんでも夫の言うなりになっている女だと見た。事実おこうは夫に逆った事がない。従順な貞女である。世の中には夫以外の男がいるという事をまるで気がついていないようであった。

おこうの体つきに嫂とそっくりなものを発見した時、綾足は愕然《がくぜん》となった。

（だがおこうは違う、おこうはそんな馬鹿な女ではないのだ）

自信はあった。それでも綾足は年中不安に包まれている様だった。

ふっと、綾足は妻を験《ため》してみたい欲望にかられた。

（おこうに計算ずくで男を近づけたら）

おこうの中に住む女が、どういう反応を見せるものか。

好奇心だけではなかった。

己れの安心の為である。

年中びくびくして暮すのはやり切れない。

綾足はおこうの相手になれそうな男を頭の中で物色した。

要人《かなめ》の笑い声が聞えた。かなり酔っている。

（誰彼《だれかれ》というより要人がいい。美男だし、身分も悪くない。しかしおこうより若い……）

男が年下だという事に綾足は満足した。

手洗に立つ素振でさりげなく座を立った。顔馴染《かおなじみ》の女中に、気分が悪くなったので先に家に戻る、折角、招いた客に不快な思いをさせたくないから、座敷へは内緒にしておくようにと、言い含めて外へ出た。

不忍池《しのばずのいけ》の辺りは月見の人影が多かった。遠く絃歌《げんか》も聞える。足許からしきりに虫が鳴いた。

明るすぎる月の下を、綾足はやっぱり落着かない顔で歩いた。

四

おこうは加藤家へ使にやらされる事が急に多くなった。

大方は国学に関する書籍を借りるためである。数日後には返却に行く。

「枝直《えなお》どのは御在宅だったか」

帰ってくると必ず綾足は問うた。公職にある枝直は数寄屋橋《すきやばし》の役宅に出かけている事が多かった。

「大切な御蔵書を拝借したのだ。枝直どのが御不在ならば必ず御子息、要人どのにお目にかかり、丁寧に御礼を申し上げるように……」

選要集書継御用《せんようしゅうかきつぎごよう》という役目柄、要人の方は夕方から夜にかけては大抵、帰宅していた。物堅い性質らしい。

「私が若い時分に馬鹿の限りを尽したので、それを見たり聞いたりしている悴《せがれ》としては、なまじな遊びがしにくくなったものですかな……」

と枝直がおこうに笑った事がある。それでも仲間内の交際を欠くというわけでもないらしい。

（引きぎわがきれいなのだろう……）

とは、おこうにも容易に想像がついた。池の端の料亭へ招いた夜、かなり酔っていながら最後まで乱れなかった要人を見ている。

それにつけてもあの晩の夫の態度は腑《ふ》に落ちなかった。

「貴方《あなた》、何故、黙ってお帰りになりましたのです。ちょっと仰有《おっしゃ》って下さればよろしゅうございましたのに……」

遅ればせに帰宅して、おこうは夫を、やんわりと責めた。気分が悪くなった、客に気を遣わせまい、と夫の説明は一応筋が立っている。だが、おこうは夫の、言葉にならない或《あ》る感情をなんとなく察していた。きめつけるような、頭から圧《おさ》えてかかる夫の毅《つよ》さが、その夜の弁解には影をひそめていた。それでも、夫の底意が読めたわけではない。忘れるともなく忘れた。

おこうは要人に和歌の添削を受けることになった。言い出したのは綾足である。

「私が今更、歌など……」

おこうは頬を染めた。が、まるっきり意志がないではなかった。要人が話した万葉集の抒情歌《じょじょうか》には心を惹《ひ》くものがあったし、例に挙げた歌のいくつかはそっくり胸に残っている。

「いいではないか、四十の手習いという事もある。俺に考えがあるのだ。要人殿には俺から話しておく」

おこうは小娘の様に身をくねらし、それから黙って手をつかえた。県居《あがたい》へ入門する時と全く同じ形式だった。

「私のような若輩者に歌の指導なぞ……。真淵先生をお頼みなされるか、県居にはまだ適当な仁がおられましょうに……」

要人は一応辞退した。

「御迷惑とは存じますが……。県居の方へはもう伺って居りませんし、他の御門下の方とも親しくして居りませず、それに、建部も是非、貴方様にお手ほどき願えと申します」

夫に教えられた通りの口上を繰返して、おこうは熱心にすがった。

艶《えん》に、美しいおこうの眼の色であった。

惹かれずにはおれない。結局要人は承諾した。

漸《よう》く書き終えた数葉の短冊を袱紗《ふくさ》に包み、おこうは化粧台前に坐《すわ》った。濡《ぬ》れ手拭《てぬぐい》で首筋を拭《ふ》く。もう肌に冷たかった。

内弟子の茂三郎は庭を掃いていた。綾足は根岸に画会があるとかで出かけている。

念入りな化粧が済み、髪を軽くなでつけて立ち上ると、待っていたかのように内弟子が声をかけた。

「お出かけでございますか」

おこうは前櫛《まえぐし》をさし替えながら、もう一度鏡をのぞいて、ああ、と応《こた》えた。別に気にも止めない。

「今日も加藤様ですか」

響きが非難がましかった。おこうは合せ鏡に持っていた手鏡の位置をそっとずらした。鏡の中の茂三郎の顔は妙にひっつれていた。

「奥様はこの所、三日にあげず加藤様のお邸《やしき》へお出でなさる。したはで要人様も又、奥様のお出でを大層待ちかねておられるべな……」

どもりどもり言った語尾にふっとお国訛《なま》りが出た。必死な風である。頬がどす赤くなっていた。

なにを馬鹿なとおこうは笑い捨てた。

「要人様は私のお歌のお師匠さまです。加藤様へ伺うのも歌の添削をお願いするだけではありませんか」

「だども、要人様はまんだお若く、独り身だべ。世間の口に戸を立てらねでな。先生だって御案じなされてでや……」

おこうは手鏡を置いた。

「妙な事をお言いですね。私に要人様へ弟子入りをお勧めなされたのは旦那《だんな》様なのですよ。旦那様のお指図で私は歌を学ばせて頂いているのですから……」

「だども……、今では後悔なされでらね、はで、先生は御帰宅なされると私に、奥様が何刻頃《なんどき》に加藤様へお出かけになり、お戻りは何時《いつ》、着物は、髪飾りは、お顔の色は、御様子は、とそれはきつく訊かれますべな、奥様は知らねだども……」

「そんな……」

　おこうは絶句した。思いもよらぬ事であった。

(夫は私と要人様との仲を疑っているのだろうか……)

それなら何故、歌を習うのを止めろと言ってくれないのか。

(私が一度でも夫の言いつけに背いた事があったろうか……)

茂三郎は縁側へべたりと腰を下した。袴《はかま》の膝《ひざ》をにぎりしめている。

「先生が奥様の身を案じなさるのはお道理でや。先生にも覚えのおありなさる事だど」

「胸に覚えがあるとは、どういう事です。旦那様が道でない事をなされたとでもお言いかえ」

　聞き捨てにはならないとおこうは思った。女道楽こそしても建部綾足といわれるほどの夫が不倫なぞ……。

　茂三郎はあっと口をおさえた。言ってはならぬ事をつい口にしたという悔いが露骨に顔に出た。

「言ってごらん。それはどういう事です」

おこうの剣幕に茂三郎は尻込《しりご》みした。言い渋る事が反《かえ》って彼の言葉の真実感を深めた。おずおずと言った。

「奥様は御存じないので……」

おこうは耳朶《みみたぶ》が熱くなるのを知った。

「お言い、言わねば許しませんよ」

つめ寄られて茂三郎はふっくらしたおこうの膝から目を逸《そ》らした。

「先生のお国許の津軽では、流行《はや》り歌にまで歌われたども……。もう二十年余りも昔の事だはで……」

ごくりと喉《のど》を鳴らした。

「先生が御家老様の前の奥様、はで、嫂《あによめ》に当るお方と密通なすって、それで国にいられなくなりなさっただど……」

「旦那様の兄上様の……」

「はあ、津軽監物《つがるけんもつ》様というお国家老様で」

おこうはきびしくうなずいた。そういう兄がいる事は知っている。

「嫂様のお名は」

「清枝様というだども……」

「何年頃の事です」

「先生が二十になりなさった年だというで……。俺は祖母から聞きましたども……」

その年齢に家郷を出た事も聞いていた。

おこうは畳に片手を下した。わなわなと慄《ふる》えている。初めて聞く事であった。夫が家を捨てたのは侍が嫌いだからと納得させられていた。

「先生から口止めされていますで……どうぞ聞かん事にして……おら破門になると奥様の傍にいられなくなるで……」

茂三郎の言葉をおこうは聞いていなかった。

(仮にも嫂と呼ばれるお人と……)

その事実以上に、そうした過去をついぞ打ち明けて貰《もら》えなかったという思いが胸に迫った。世間を憚《はばか》って包みかくすのはともかく、十五年も連れ添った女房へである。

(それほどまでに信じて下さらぬのか)

お歯黒を染めた口許が微《かす》かに歪《ゆが》んだ。顔を上げた。そこに内弟子の眼があった。心の動揺を無神経にさし覗《のぞ》くような視線である。

おこうは短冊を包んだ袱紗に手を伸ばした。

「御苦労だが、これを加藤様へお届けしておくれ」

茂三郎はそれを自分なりに解釈したらしい。いそいそと受け取った。

「それがようございます。はでこれからは、おらが使に行ぐね……」

草履の足音が消えるまで、おこうは動かなかった。茂三郎の言葉を反芻《はんすう》してみる。

（それに夫は私と要人様の仲を疑っている……）

突然、おこうはあっと声を上げた。

（もしや夫は故意に私を要人様へ近づけたのではなかろうか）

（私を験《ため》そうとなされてか）

まさか夫が……と打ち消したい心が強かったが内弟子の言葉は一々思い当る。要人に歌を学べと言った事の裏付けにもなった。県居へ女房を入れたのと同じ意味なら、なにも要人に限った事ではない。斯道《しどう》の大家の許へ弟子入りさせるべきである。

要人について歌を作れと勧めた時に、

「俺に考えがあるのだ」

と呟《つぶや》いた夫の言葉もそう思ってみれば情け無い程、身にこたえる。

氷月の夜のことも、それからの夫の仕打ちも。おこうは唇を嚙《か》んで突っ伏した。

涙は出ない。

不意に戸口へ足音がした。夫のものではなかった。内弟子にしては早すぎる。

おこうはそれが誰のものかわかる様な気がした。不意におこうは体中で要人を感じた。

（私はあの方が好きだったのだ）

はじめて口をきいたその夜から、その人に惹《ひ》かれていた自分の心をはっきりと見たような気持だった。

足音が庭へ廻《まわ》った。

「どうなされたのです。一体……」

日が落ちていた。庭も部屋も暗い。

おこうは瞽女《ごぜ》のような表情で声だけを聞いた。体中が火のように燃えていた。鎮めようと、もがいた。

「建部《たけべ》どのは御不在ですか」

要人は役所帰りらしい。

「程なく戻りましょう。どうぞお上り遊ばして……」

漸くの思いでおこうはそう口にした。低く押えた声音に感情が慄えていた。

行灯《あんどん》に灯を入れる。厨《くりや》へ来てそわそわと茶の仕度をした。

胸が苦しいほどはずんだ。茶を置いて、男の顔をしっとりと見つめた。唇の奥で改めて呟いた。

（私は、この方をお慕いしていたのだ……）

夜気がじわじわと部屋へ這《は》い込んでくる。浅草寺《せんそうじ》の鐘が鳴りはじめた。暮六ツ（午後六時頃）である。

「困った事になりました……」

要人がもぞりと口を切った。奇妙な対坐《たいざ》に辛抱がしきれなくなったものだ。

「昨日、県居《あがたい》にて諮問会《しもんかい》の折、建部殿がお番に当りました」

県居では月に数回、門下の主だった者が交替で国学の講義を担当する。日頃の研《けん》鑽《さん》の唯一の発表の機会でもあったから当番の者はそれこそ寝食を忘れて下調べに没頭した。

「建部どのの講義は立派なものだったと聞いています……」

難解な字句を容易に読破して一座を感嘆させたという。

だが、講義を終えると綾足は故意か、不注意か、書見台に和綴《わとじ》の本を残したまま県居を去った。無論、講義録か、心おぼえを記したものと思って門人の一人が取り上げてみると、これが「通俗忠義水滸伝《つうぞくちゅうぎすいこでん》」だったという。長崎で清国語の通辞をしていた岡島冠山という男が享保《きょうほう》年間（一七一六―三六年）に刊行した支那の演義小説「水滸伝《すいこでん》」を翻訳した読本《よみほん》四十四巻の中の一冊である。

「苟《いやし》くも国学を講ずる書見台へ読本を置くとは不遜《ふそん》極まる」

県居は騒然となった。それでなくても評判の香んばしい人間ではない。血気の輩《やから》は綾足の破門をさえ叫んでいる。

「建部どのには別に釈明の筋もあろうかと存ずるが、ともあれ少しも早く謝意をしめさねば……」

要人の語尾をおこうの白い手が遮った。

「そのような事で主人が謝罪するとお思いですか」

おこうは肩を落して要人を見上げた。

「読本を故意に置き忘れたのは建部の底意でございましょう。県居の方々が何よりも畏《おそ》れ尊んでおいでなさる国学も建部にとっては俗な市井《しせい》の読本と同じものに過ぎないという皮肉かも知れません。人様が苦心なさる古語の解読をそらでやってみせたという建部の衒《てら》いもございましょう。建部はもう県居から吸い尽せるだけのものは吸い取ってしまった筈《はず》です。県居になんの未練がありましょう。県居は建部が世の中へ出る、名を高めるまでの飛び石の一つに過ぎません……」

おこうは憑《つ》かれたもののように喋《しゃべ》った。胸に籠《こも》ったものを一息に吐き出す勢いであった。喋っているおこうの体から、色と匂いが陽炎《かげろう》のように燃え立っている。ねっとりと要人を引きずり込む、女の色めかしさであった。要人はなんとなく居ずまいを直した。

「俳諧《はいかい》にしてもそうでした。初めて俳諧に志した時の師は難波《なにわ》の野坡《やば》様とか、それから京の浅生庵《せんしょうあん》の風之《ふうし》、梅従《ばいじゅう》様にきついお世話になりながら金沢の暮柳舎《ぼりゅうしゃ》の希因《きいん》様へ奔《はし》り、希因様から発句《ほっく》の妙を写し取ってしまうと伊勢へ杜菱《とりょう》様を頼り、私の伯父《おじ》の梅路《ばいじ》に取入って附句《つけく》の秘訣《ひけつ》を授けられたのでございます。欲しいと思ったものはどんな手段を弄《ろう》しても手に入れる。使うだけ使ってしまったら塵芥《ちりあくた》と捨てて省りみない。建部はそういう男でございます……」

おこうは自分の言葉に酔っていた。いくらでも舌が滑らかに動いた。

「建部にとっては女も己れの野心の道具でしかございません。女房ですら……」

声が乱れた。おこうの眼に女の恚《いか》りがきらめいた。ふっと要人を見る、端麗な横顔を見せて要人は当惑げに坐《すわ》っている。美男という点では綾足の方が優《まさ》っていたかも知れない。四十歳を過ぎても役者と見間違えられる夫である。娘の日、おこうが惚《ほ》れたのは綾足の美貌《びぼう》であり、才であった。そのどちらにも今は嫌悪しか覚えない。

要人の姿には綾足の持つ暗さがなかった。がっしりした肩、たくましい胸つきに若さが匂い立っていた。

（このお方と私を、夫は……）

肌が汗ばんでいた。かつて知らなかったほど血が騒いだ。開け放しの障子に気づく。

「冷えて参りましたような……」

別人の声で言った。要人ははっと顔を上げた。さりげなく、おこうは立って障子を閉める。度胸が定まると胸の動悸《どうき》はふっ切れた。

「要人様……」

近々と坐った。

「お師匠様……」

ずるっと膝《ひざ》がにじり寄ろうと動いたのと、

「遅くなりましたな、又、参りましょう」

圧《おさ》えた声で要人が大刀を摑《つか》んだのが同時であった。要人は閉めたばかりの障子を開け一礼して沓脱《くつぬぎ》に下りる。素早い動作である。

枝折戸《しおりど》を、音も立てずに去って行った。

引き止める暇はなかった。おこうは茫然《ぼうぜん》と立ちすくんだ。体だけが赫々《かっかっ》と熱っぽい。

地虫の啼鳴《こえ》が耳についた。

（なんということを私は……）

袂《たもと》で顔をおおった。

（おそろしい……）

だが、要人を好きだと思う心に偽りはないと思った。一顧もせずに去った要人が怨《うら》めしく、恋しかった。

おこうは蹌踉《そうろう》とした足取りで次の間の襖《ふすま》を開けた。毛氈《もうせん》の上に画集が並んでいる。綾足が描きかけた南画が拡げたままになっていた。きっかりした構図であった。隙のない取りつく島もない図の冷たさである。むらむらと夫への怒りが新しく湧いた。もうこの画を描いた男に抱かれて過ぎた十五年の歳月がたまらなく憎い気がした。もう取り返しがつかない。見つめていると墨の濃淡が人間の心の襞《ひだ》を思わせる。

発作的に硯《すずり》を持った。とっぷりとすった墨の香が鼻孔を突く。力まかせに硯を画に叩《たた》きつけた。墨色がぱっと散る。玄関が開いた。内弟子の声が帰宅を告げている。おこうは畳に体を横たえたまま、流れた墨の色をみつめた。火照《ほて》った体が、もうどうしようもなくなっていた。

五

出迎えた要人にいきなり言った。

「建部の妻女が駆落《かけお》ちしたそうな」

せかせかと廊下を歩きながら息子がふりむいた。

「相手はお前かと思ったぞ」

要人は父の眼を見た。

「出羽国大館から来ていた内弟子だという。茂三郎と申したかな、いや、我が子でのうて幸いじゃ……」

吹きとばすように笑った。

「着替えるぞ」

女たちへ怒鳴って居間へ入った。六十歳を過ぎた老人とも思えない足どりである。

「学問のたしなみも深く、なかなかの貞女と聞いていたが、女はわからぬものだのう」

誰にともなく呟《つぶや》いた。

「これも世の中、それも世の常か」

要人は黙ったまま火桶《ひおけ》の炭をかき立てた。

「内弟子と申しますと、あのいつか宅へ使に参った、まだ若い子ではございませんか」

帯を結びながら老妻がさも意外と言いたげに応《こた》えた。

「色恋に年齢はあるまい。十九だそうだ」

「建部様のお内儀は三十をいくつか越えてお出での筈、それにあの内弟子なら田舎出のほんの風采《ふうさい》の上らない……」

「お止めなさい、母上」

低く要人がたしなめた。

「まあよい。色恋は器量ではせぬものじゃ」

枝直は妻と息子を等分に見て熱い茶碗《ちゃわん》を掌に包んだ。

取り次ぎが顔を出した。

「建部綾足様が……」

親子は顔を見合せた。時が時である。立ち上ったのは枝直の方が早かった。要人が後に続く。

敷台に綾足は腰をかけていた。片手に竿《さお》、足許《あしもと》に魚籠《びく》があった。

「この寒空に舟を出しましてな」

挨拶《あいさつ》抜きでのっけから浴びせかけた。

「釣ったものの、さて家には料理人もなし」

懐紙を出して魚籠の中から一尾を掴《つか》み、その上に載せた。

「御賞味下さい」

軽い声であった。晴れ晴れと笑ってさえいる。

「これは、わざわざ……」

枝直が受けて要人に渡した。

「この暮はちと冬籠《ふゆごも》り致す所存で、唐山の名だたる稗史《はいし》を換骨奪胎《かんこつだったい》なし、古言と今の俚語《りご》とをまじえた国字の稗史を創ろうと思い居ります。県居の方はこなた様よりよしなに……」

野心に満ちた声であった。先程の笑いはもう頰から消えている。拭《ぬぐ》ったようであった。

辞儀《じぎ》なしに踵《きびす》を返した。

瘦《や》せぎすな肩が、思いなしか重荷を下したもののように見える。意識して歩いている背中は、やはり寂しげに虚勢を映し出していた。

「県居を去る心のようですね。あれ程までにして入門しながら……」

吐き出すように要人が言った。

「あの男は一つの道を深く究める性質ではないのだろう、一つ所に落着けぬ心を持っている。ものの上っ面だけを探ってなにもかも会得《えとく》した気になる。人が小馬鹿に見えてならないのだろう」

ふと枝直は、そうした綾足の性格が二十歳で嫂《あによめ》と密通したという彼の過去につながっているのではなかろうかと思った。口には出さない。

要人は魚に目を落した。くるんである紙に墨の文字がある。魚を敷台に置いて、皺《しわ》になった紙を拡げた。濡《ぬ》れて滲《にじ》んではいるが読める。

物を物とせず、物に物とせられず
行く所、虚実定まらずして
我が恩義に背くを意とせず
他の恩義に悖《もと》るも心とせず
一世を翫弄《がんろう》して、又、翫弄せられ
生涯酔えるが如く、亦《また》、醒めるが如し

「綾足らしいの」

枝直は静かに紙を丸めた。

「わざとこのようなものに包んで置いて参ったのでしょうか」

これが言いたくて来たのか、と要人は解釈した。枝直は軽く首をふった。

「酷な物言いをするでない……」

敷台の上の魚を摑んだ。

「折角の志、女共に料《りょう》らせるか……」

奥へ入りかけて、要人は言った。

「どういう男でしょうか、お内儀が去ったというのに、妙に落着いて笑っておる。私はあの男の笑った顔を初めて見ました。本心から笑っているのか……見栄を張ってか……」

枝直は応《こた》えなかった。

年の瀬の押しせまった町は、かなりの雑沓《ざっとう》であった。

人ごみの中を綾足は竿《さお》を下げて、ぼんやりと歩いた。

肩の荷を下したような安らぎを覚える。

(娌と密通した男の妻が内弟子と駆落ちしおった……)

兄の顔を瞼《まぶた》に浮かべた。心の負い目は消えていた。二十余年の負担が、これでなくなったと思った。帳消しになったのだ。やれやれという感じであった。同時におこうと一緒になって以来の不安や苛《いら》立《だ》ちとも、すっぱり縁が切れた気もする。

(ああいう女は所詮《しょせん》、ああなる運命にあるのだ……)

しかし、相手が要人でなかった事は、はぐらかされたようである。

(おこうといい、娌といい、身体にも声にも動きにも、男を誘わずにはおかないものを持って生れているのだ。そうした女を女房にした亭主こそ、いい面の皮だ……)

色恋の不始末はすべて女にあるという考え方であった。

(とにかく、おこうは去ったのだ……)

(今度、新しく女房を迎えたら、少しはましな暮しが出来るかも知れぬ……)

道を曲った。女とすれ違った。二人連れである。母子らしい。風呂《ふろ》帰りと見えた。

小半町も行かぬ中《うち》に又、すれ違った。

綾足はうっと喉《のど》の奥でうめいた。

おこうにそっくりな体つきの女であった。年齢はずっと若い。地味な盲縞《めくらじま》の袷《あわせ》に赤い帯をしめている。顔は似ても似つかない。体だけが瓜《うり》二つであった。包みをかかえて何気なく歩いて行く女の後姿におこうと同じ媚態《びたい》がしなしなと動いていた。

綾足は息をつめて見守った。

(おこうと嫂と今の女と……)

通りすがりの女の体に、そうした色気を嗅《か》ぎわけている自分に気がつくと、綾足は横面を引っぱたかれたような顔になった。

(あの女も、いつかは亭主を裏切って年若い男と過ちを犯すのだ……)

もうへだたった女の形を執念に似た眼でみつめた。

風が足許を吹いた。からの魚籠が揺れる。ふらふらと綾足は歩き出した。

その足どりにも、顔にも、先刻までの落着きはなくなっていた。

焦躁《しょうそう》と不安と、綾足は追われるように歩く。道のすみにひっそりと霜が下りはじめていた。

おこう

一

日本橋は駿河《するが》町から本町通りにかけて、呉服屋の数が多かった。

室町《むろまち》二丁目と駿河町と道をはさんで両側に店を持っていた越後屋《えちごや》を筆頭に、伊豆蔵《いずぐら》、菱屋《ひしや》、松屋、松坂屋、ますみ屋、加納屋、みづし屋などが軒を並べている。

志ま屋はその一軒で、店の格は中ぐらいだが、繁昌《はんじょう》ぶりは越後屋に続くといわれていた。

呉服屋が店じまいをするのが、大体、七つ半（午後五時頃）からで、それから売上げの帖合《ちょうあわ》せや店の掃除で、通いの番頭、手代が帰り、住み込みの奉公人の夕飯が終ると、もう、かなり夜が更けていた。

おこうが姉夫婦に呼ばれたのは、台所がすっかり片づいてしまってからである。

志ま屋の末娘で、奉公人からお嬢さんと呼ばれる立場なのに、いつの頃からか、おこうは台所の水仕事やら、家内の掃除、縫物など、奉公人にまじって働くことが習慣になっていた。別に奉公人の手が足りないわけではなかったが、おこうが先に立って働いていると、万事、手順がよくてなにもかも手っとり早く片づいてしまう。

奉公人をきびしく叱りつけるというのではなく、自分がまめに体を動かすし、注意が行き届く。過失があっても、叱る前にかばうというおこうの性格に、最初はお嬢さんが一緒に働くということに、煙ったい感じを持った奉公人も、馴《な》れるとすっかり、おこう贔屓《びいき》になってしまった。

それが、どうも、跡取り娘の長姉の気に入らない。

「どうして、お前はそう貧乏性なんだろうね。知らない人がみたり聞いたりすれば、あたしが末の妹を奉公人並みにこき使っているようじゃないか。どうして、あたし達、他の姉妹のように、稽古事《けいこごと》にせいを出すとか、もっとお嬢さんらしくふるまえないものかねえ」

姉妹といっても、おこうは両親の晩年の子だったから、長姉とは十五も年がひらいている。間に、もう二人、姉がいた。二人とも、とっくに縁づいて、一人は下谷《したや》の大きな仏具屋の女房に収まっているし、もう一人は神田《かんだ》の醬油屋《しょうゆや》の内儀になった。独りでいるのは、十九になったおこうだけである。

「琴だって、三味線だって、手ほどきを受けただけでやめてしまうし、なにをやらせても長続きしない。おまけに外へ出るのは億劫《おっくう》だなんて偏屈なことばかり言っているから、思わしい縁談もなくなってしまうのよ。少しはあたし達の立場も考えてちょうだい。それじゃ、まるで、うちの人の代になってから甲斐性《かいしょう》がなくて、妹を嫁にもやれないようじゃないの」

口ではそう言うものの、長姉のおくにには、三人の子を産むにも育てるにも、結構、おこうを重宝に使っていた。

若いに似ず、おこうは乳母よりも赤ん坊の扱いがうまく、おくにの三人の子は殆《ほとん》ど、おこうが育てたといっていい。日常のお襁褓《むつ》のとりかえから、湯を使わせるの、よちよち歩きになって目が放せない年頃《としごろ》の遊び相手も、殆どがおこうであった。

いってみれば、おこうの婚期が遅れた最大の理由は、おくににおこうに嫁がれては困るという気持があって、つい、妹の縁談に乗り気でなかったり、無意識に妨害するようなところもあったのだ。おこうにもそれは薄々、わかっていたが、自分から口に出して言えることでもないし、姉は関係がないという顔をしている。

姉夫婦の居間へ行ってみると、神田からおきよが来ていた。おこうのすぐ上の姉で、年は二十五になる筈《はず》だが、ひどく老《ふ》けた感じがする。

「こんばんは……相変らず、なりふりかまわないのに、きれいね」

中庭へ向って開け放した障子ぎわにすわって団扇《うちわ》を使いながら、おきよは妹に笑いかけた。どちらかというと、この姉が年も近いせいで、一番、おこうと仲がよかった。

「いくら、もっとちゃんとしたものを着ていろようにっていっても駄目なのよ。いくらもいいもの作ってやるっていうのに……」

虚々《そらぞら》しい声で言い、おくにはいやな顔をしている。

いくらでも、いいものを作ってやるというのは、ちょっとした長姉の虚構で、もう何年も、おこうは着物を新調していない。自分の家が呉服屋だから、季節はずれには売れ残りが必ず出て、親類や知人に安くわけたりするものだが、そんな品物ですら、姉夫婦はおこうにとっておいてくれなかった。

自分は売れ残りだからと、気に入ったのを五枚も六枚も一ぺんに新調するくせに、

「おこうちゃんには、売れ残りは着せられないわね。お嫁入り前の娘に、売れ残りを着せて、一生、売れ残りになったら大変だもの」

などと嫌味を言うばかりであった。

おこうの箪笥《たんす》の中は、少女時代の派手なものは、きちんと縫い直して、姉たちの娘へわけてしまったし、あとの木綿物の、それも、長姉の着なくなったものを洗い張りして、大事に始末してあるようなものばかりであった。

ちょっといいものは、おきよが嫁に行く時、派手になったからとおいていってくれた着物と帯である。

「おこうちゃんは、昔っから、もの持ちのいい人だから……」

おきよは長姉の弁解はあまり気にしないで、なつかしそうに久しぶりの末妹をみ

た。

「あのね、縁談なのよ」

嬉《うれ》しそうに、ちらと長姉をうながした。

「うちの人が、これならおこうちゃんの気に入るだろうって、そりゃあ乗り気なの」

口の重い長姉にかわって、いそいそと喋《しゃべ》った。

「さあ、おこうは案外、気難しいからね。今までにだって、いい縁談がなかったわけじゃないけれど、みんなこの人が乗り気にならないもんだから……」

機嫌のよくない長姉に、おきよは遠慮しないで笑い捨てた。

「そんなことないわよ。おこうちゃんは気難しいこじゃなくて、ひっこみ思案なのよ」

相手はやっぱり神田でかなり手広く商売をしている旅籠屋《はたごや》で、長男の清吉というのが、二十五、両親はそろっているが、兄妹は妹が一人、もう嫁いでいて家にはいない。

「清吉さんというのが、そりゃいい人よ。おとなしくって、正直で……なかなか商売上手って話だわ。両親も気の練れた人達だし……」

向うは、おきよの妹ときいて、一ぺん、逢《あ》ってみたいといっているという。

「お見合なんて堅苦しいんじゃなくて、もっと、なんでもなく、おたがいに顔をみたり、話をしたりって……さばけてるでしょう」

場所はどこことというより、おきよの家で両方が集まって、茶菓子でもつまみながら世間話をしたりということにしたらどうかと、おきよは張り切っている。

「なんだか、安直すぎやしないかね。嫁にもらおう、聟《むこ》にしようというんだもの、せめてちゃんとした料理屋へ呼ぶとか……」

「そりゃ、ちゃんと話がまとまれば、あらためて、姉さん夫婦もお呼びして、大和田のうなぎでも、浜田屋の鮎《あゆ》だって御馳走《ごちそう》しますよ。今度は、御当人同士の顔合せだもの、そのほうが気らくだし、ざっくばらんな話が出来ていいじゃないの」

「おこうを一人でやるの……」

「あたしの家だもの。あたしとうちの人もついてますよ」

「いつ……」

「善はいそげで、明日……」

「そんな……あんまり急ですよ」

「いいのよ、どうせ、おこうちゃんさえ来てくれればいいんだから……」

おきよは強引で、姉夫婦の不快を歯牙《しが》にもかけない。

「それじゃ、明日は、小僧を迎えによこすから、普段着でいいけれど、ちょっとおめかしてくるのよ」

明るく念を押して、おきよは待たせておいた供と帰った。

おきよの好意は嬉しかったが、反面、おこうは途方に暮れた。今まで、見合というのは一度もしたことがなかった。みず知らずの男に逢って、その男の妻となるのは怖ろしい気がする。

といって、いつまでも実家の世話になっているわけにも行かなかった。両親が生きていた時分ならとにかく、もう姉夫婦の代になっている。いくら、おこうが重宝に使われていても、姉からみれば厄介者に違いなかった。おこうが手塩にかけた子供達も大きくなって来て、近頃は両親の口真似をして、とかく、おこうを小馬鹿にする。

更けても、残暑の夜は寝苦しいようであった。寝つかれぬまま、おこうは立ち上って、小ひき出しから布に包んだ手鞠《てまり》を取り出した。

今までにも、寂しい夜、心細い日はよくこの手鞠を出して眺めた。

古びた赤や紫や黄の、絡め巻きつけた糸の色に、おこうのたった一つの夢がこもっていた。

頬を赤らめ、哀しい眼をして、おこうは手鞠を抱いて眠った。

二

翌日、姉夫婦は、いつもより機嫌が悪かった。つまらないことで、奉公人を叱《しか》ったり、子供に当り散らしたりしている。

原因がわからないまま、おこうは、はらはらしていた。

五日目ごとに来る髪結いが来ると、おくには、頭が痛いからとことわってしまう。

おこうは、はっとした。正式な見合でないまでもせめて、髪ぐらい、きちんと結い上げて出かけたかった。ちょっとは、おめかしをしてくるようにと、おきよからも念を押されている。自分が頭痛で髪を結いたくないのは勝手だが、髪結いをことわってしまっては、おこうも結うことが出来ない。

「お嬢さん、神田へお出かけなさるのに、そのお髪《ぐし》ではいけませんよ。髪結いのお初さんのようには行きませんが、あたしがなでつけてあげましょう」

台所のすみで、一番古い女中のおとりがささやいた。昨夜、居間の用足しをしていて、おきよの話を小耳にはさんでいたらしい。

「ご姉妹なのに、どういう御量見なんでしょうね。縁遠い、縁遠いって、お嬢さんを縁遠くしてるのは、お内儀《かみ》さんじゃありませんか」

おとりは心外そうであった。古くから志ま屋の奥に奉公していて、おこうの立場も、姉夫婦の腹の中も、およそ読めて、今のままでは、おこうがかわいそうだと、いつも腹を立てている。

「姉さんは又、血の道が起って苛々《いらいら》しておいでなのよ、あんまり気にしないで……」

おとりに髪を直してもらい、するだけの仕事を手早く片づけて、着がえをした。おくにのお古の一枚だが、おくにが着ていた時分は、なんとも野暮で似合わなかったのだが、おこうが着ると、地味だが、きりっとして若さが匂い立つようであった。

神田からの迎えが来て、おこうが居間へ挨拶《あいさつ》に行くと、姉は横になっていて、うるさそうにろくすっぽ返事もしない。義兄のほうは店に出ていて、これも、おこうへまともに眼を合せず、そっけなかった。

重い心で、おこうは神田へ向った。

相手の清吉はもう来ていた。二十五ときいていた年よりは、やや老《ふ》けてみえるが、温厚で、如何《いか》にも誠実な感じがする。

姉の紹介で挨拶はしたものの、清吉はおこうに対して、そそくさと会釈《えしゃく》を返したきり、話はもっぱら、おきよのつれあいの伊兵衛とばかり喋《しゃべ》っている。それも、商売中心の話題で、いくら待ってもおこうへ話がまわって来ない。姉のおきよがやきもきして、無理に話の腰を折ったりしてみたが、まるっきり効果がなく、清吉はせっせと商売の話へ戻ってしまう。

「あきれた男ね。商売と見合をとっちがえちまってるんじゃないかねえ」

流石《さすが》に妹の気持を考えて、正面切って腹を立てるわけにも行かず、おきよは居間へ帰って来て苦笑した。おこうのほうは、穴があったら入りたいくらいの気持であった。無視されるといっても、これほど徹底的に無視されたことはなかった。清吉は最初におこうをちらりとみたきり、殆《ほとん》どふりむきもしなかったのだ。

遠く祭太鼓が聞えていた。神田明神の祭礼は終っていたが、近くの神社の月並祭があるらしい。二人いるおきよの子供が祭見物に行きたがっていた。

「おこうちゃん。すまないけど、子供達を連れて、お祭をみてきておくれでないか」

いい思いつきのように、おきよが言った。こうして、姉妹さしむかいでいる気まずさから逃れる手段にもなるし、おこうを外に出しておいて、清吉の真意をもう一度、確かめたい腹でもある。

救われたように、おこうは子供達の手をひいて外へ出た。

姉の家へ来た時も、眼に止めて、ああ、この辺りはお祭なのだと気がついた祭提灯《まつりぢようちん》が軒並みに出ている。

上の子は七歳、下の子でさえ五歳になっているので、神社の境内まで連れてくると、勝手に縁日の店をのぞいて歩いている。はぐれないように注意しながら、おこうもまた、浮かれている周囲の雰囲気の中へ気持をとけ込ませていた。

飴細工《あめざいく》の店がある。人形を並べている店がある。おでんの屋台が、この季節には不似合な湯気をたてている隣に、ひゃっこい、ひゃっこい、と売り声も派手に氷水を商う氷売りの葦簾《よしず》が出ていた。

子供達にせがまれて、氷水を買って与えながら、ふと、誰かに顔を見られている気がした。ふりむくと、少しはなれた廻《まわ》り灯籠《どうろう》を並べた前に若い男がいて、それがおこうをみつめている。視線がぶつかって、おこうがあっと思う前に、男のほうから声が出た。

「おこうちゃんじゃないか」

「……源太郎さん……」

おずおずと口にした名前に現実感がなかった。

別れたのが、おこうが十一の年だから、もう八、九年になる。

やはり本町通りに村田屋という下駄屋《げたや》があった。一人息子の源太郎というのが、おこうより三つ上で、男の子のくせに気がやさしくて、よく遊び相手になってくれた。それが、近所からのもらい火で焼けたのが、おこうの十一の正月で、その時、焼けたのは火元を除いて、向う三軒両隣の五軒だったが、源太郎の家では父親が逃げ遅れて焼け死んだこともあり、他がすっかり再建したのに、とうとう、村田屋だけは土地を人にゆずって田舎へひっ込んでしまった。

その源太郎が神田の祭の露店で廻り灯籠を売っているとは、おこうは白昼夢をみているのではないかと思った。

「さっきから、ひょっとしたらそうじゃないかと思ってみていたんだが、おこうちゃん、変らないね」

眩《まぶ》しそうに眼を細くした。

「子供さん、おこうちゃんのかい」

氷水を飲んでいる二人の子をみて訊《き》く。

「いやだ。おきよ姉さんとこの子ですよ。あたしに、あんな大きな子がある筈《はず》ないじゃありませんか」

漸《よう》く、幼馴染《おさななじみ》の気易さが出て、おこうは声をたてて笑った。

「そうか……そりゃそうだな。なんだか、別れてから随分、長い歳月がすぎたような気がしたもので……」

照れたように源太郎も苦笑した。日に焼けた顔に歯が白い。笑った顔が子供の時のままであった。

「そうすると、おこうちゃんはまだ本町にいるのかい」

嫁には行かないのかと訊かれたように思えて、おこうは赤くなった。

「旦那《だんな》やお内儀《かみ》さんは……？」

「二人とも……もう……源太郎さんの所が焼けた翌年にお父っつぁんが、おっ母さんは二年遅れて……」

「それじゃ、今はおくにさんの代になってるんだね」

「源太郎さんのおっ母さんは……」

「昨年、逝《い》ったよ、木更津でね。俺は江戸で奉公していて、死に水も取れなかったんだ」

「江戸へ来ていたの」

「ああ、浅草の下駄屋へ奉公していた」

「どうして、訪ねて来てくれなかったんです。いつも想い出していたのに……」

源太郎は気弱く微笑したきり黙っている。悪いことをいってしまったと、おこうは後悔した。本町でちゃんとした下駄屋の店を持っていた者が、運が悪いとはいいながら、他の下駄屋に奉公している。落ちぶれた姿を、昔なじみにはみられたくないのが人情だろうと思われる。

「今、どこにいるんです」

「浅草の鳥越《とりごえ》の木賃宿《きちんやど》さ」

うつむいて恥入るように、廻り灯籠を並べ直した。

家もない、その日暮しが、やつれた顔に心細い翳《かげ》を落している。

「お嬢さん……」

探し探し来たらしい下女が、おこうをみつけて走り寄って来た。

「お内儀さんが、すぐお帰りなさるようにって……」

子供達は下女がかわって祭見物をさせるという。

「大いそぎでお帰り下さいまし」

何事かわからないが、そう言われては源太郎の前にすわり込んでいるわけにも行かない。

「帰ります」

下女を子供達のほうへやって、そっと源太郎をみた。話しかけたいと思ったが、あいにく、客が何人か彼の前に立っている。

「さよなら……あとで又、来ます……」

三

戻ってみると、清吉はもう帰っていた。

「清吉さんがね、是非、あんたを嫁に欲しいって言うのよ」

いきなり言われて、おこうはあっけにとられた。姉が冗談を言っているのかと思う。

「嘘じゃないのよ。あの人ったら、おこうちゃんに一目惚《ひとめぼ》れで、きまりが悪くて、おこうちゃんのいる所では商売の話ばっかりしてたんですって……」

今時、初《う》ぶな男もいるものね、とおきよは満足そうに笑い声をたてた。つれあいの伊兵衛もにこにこしている。

「あれから、ずっと、あんたの話ばっかりしてたのよ。なにもかもあたしから話しておいたけど……あんたの婚期が遅れたのは、大きい姉さんがあんたを重宝に使ってたせいだってことも、姉さんとこの子供達はみんな、あんたが育てたってことも……」

「姉さん……」

「あんた、清吉さん、どう思う……」

どう思うと言われても返事の出来るものではなかった。なにしろ、一言も話をしたわけではない。小半刻《こはんとき》（約三十分）、側にすわっていただけでは好きも嫌いもなかった。

「なんにしても、逢《あ》わせた甲斐《かい》があったわ。本町の義兄《にい》さん、姉さんにはあたしから話をしますからね」

悪いようにはしないから、あんたもこの辺で、じっくり考えるようにと言われて、おこうは姉の嫁ぎ先を辞した。

最初から、そのつもりで小走りに神社の境内へ入って行くと、先刻、源太郎が廻り灯籠を売っていた場所には、婆さんが山吹鉄砲《やまぶきてっぽう》を並べている。

どこか、別の場所へ移ったのかと探し歩いたが、源太郎は境内のどこにもいなかった。

「あ、お嬢さん……」

居合《いあい》抜《ぬ》きを、子供と一緒に見物していた姉の店の下女が、おこうをみかけて寄って来た。

手に廻り灯籠を下げている。

「廻り灯籠を売ってた人が、これをお嬢さんにあげてくれって……」

「あたしに……」

「へえ……」

思いもよらないことなので、おこうは廻り灯籠を受け取って、あたりを見まわした。そこらに源太郎が待っているような気がする。

「その人、どうしたの」

「帰りましたよ」

「帰ったって……」

「荷をまとめて……今日はもうやめるって仲間の人に言ってました……」

廻り灯籠一つを下げて、おこうは日本橋へ帰って来た。

その日暮しの身分になっているくせに、商売物をただでおこうにくれて、自分は姿をみられるのを恥じるように、引揚げてしまった源太郎を思うと、おこうは胸が痛んだ。

零落しても、日本橋の表通りに店を張った昔の若旦那《わかだんな》気分から、まだ、もう一つ抜け出せないでいるのがわかる。それだけに、一層痛ましい気持が強かった。

二、三日したら鳥越の木賃宿を訪《たず》ねてみようと思いながら、おこうはなかなか機会に恵まれなかった。

おこうが神田へ出かけた日以来、長姉は、どこか苛々《いらいら》していて、おこうにいい顔をしない。

義兄もそわそわと落ちつかないふうであった。

見合に出かけたのが気に入らなかったのかと考えたが、どうもそれだけではなく、志ま屋全体の空気がひどく沈んでいた。商売をしている店のほうも、表むきには変りないが、どこか重苦しいような雰囲気がある。

夏物が終って、呉服屋は、もう秋から正月の晴れ着を売る季節になっていた。どこの店でも、秋の新柄を並べ、一年の中で最も商いになる時期を迎えて活気づいているのが、表通りを歩いただけでも、びしびし感じられるのに、志ま屋だけが出遅れているようであった。肝腎《かんじん》の主人は外出がちであり、おくにはこめかみに頭痛膏《ずつうこう》をはって、気むずかしい表情をしている。

そんな中で、神田からの縁談の督促に、おきよがしばしばやって来た。

先方はこの秋の中《うち》に式を挙げたいと言っているから、仕度《したく》を急ぐようにと言い、間に立った自分達夫婦の面目もあるから、嫁入り道具に簞笥《たんす》長持《ながもち》はどれくらい、夫婦《めおと》布団から先方へのお土産まで注文をつけ、あげくは持参金はどれくらい持たせるのかと、長姉にきいたりしている。それを渋い顔できいている長姉も、おこうの意志なぞまるで問題にしていないようであった。

「嫁に行く気があるか」

と確かめることもない。

そんなものなのだと、おこうはあきらめていた。あきらめることに馴《な》れていた。

清吉という男を、姉達が自分の聟《むこ》ときめて、縁談をすすめるなら、そこへ嫁ぐより仕方がないと考えている。姉達の行為を親切と思い、それに従順であることが、自分の生きる道と心得ていた。

どっちみち、自分は姉の厄介者にすぎない。

姉たちの意志に叛《そむ》くことは想像の外であった。

暦が十月に入って、おきよがえらい剣幕で志ま屋へどなり込んで来た。

「おこう……おこうちゃん……」

居間へ突っ立って、おこうを呼び立てる。たまたま、姉夫婦はそろって留守であった。

おこうの顔をみるなり、

「あんたのおかげで、うちは大恥かいたのよ。いったい、どうしてくれるの」

泣かんばかりの調子であった。おこうにはなにがなんだかわからない。

「ここの家の義兄《にい》さんがね、あんたの相手の清吉さんにとんだことをいって行ったのよ。仕度金を五十両つけろって……」

「仕度金……」

「間へ入ったうちには一言のことわりもなしに、よくもよくも、そう恥ずかしい注文がつけられたわね。おかげでうちはさんざんよ。お前の実家は娘を嫁に出すのに、吉原の抱え主じゃあるまいし、いちいち仕度金を受け取るのかって、うちの人にもいいように皮肉を言われたわ。おこうちゃん、なんだと思って……」

いくら、どなられても、喚《わめ》かれても、おこうには寝耳に水で、きょとんとして聞いている外はなかった。

「二度と、あんたの縁談はおことわりよ。相手が気に入らないのなら、別にことわりようはいくらだってあるわ。よりによって仕度金だなんて、馬鹿なことを言い出さなくたって……それじゃうちまでが世間の物笑いですよ」

おきよはたけり狂っていた。

「ここの家の姉さん、義兄さんの腹はわかっているのよ。大体、あたしがあんたの縁談を持って来たのが気に入らなかったのよ。そういう人なんだわ。この家の夫婦は……」

おきよの怒りを、おこうはじっと聞いている外はなかった。一緒になって長姉を攻撃しても仕方がないのだ。いくら、おきよが末妹の肩を持つといっても、縁談を紹介してくれるのが関の山で、実際、おこうの将来にどれほど力を貸してもらえるか、あてがなかった。そのことは、やがて、おきよが帰ったあとに戻って来た長姉から思う存分、きかされた。

「おきよが来たんだって……どうせ勝手なことを言ったんだろう。縁談は確かにことわりましたよ。うちの人が調べたら、清吉さんというのはいろいろと女関係の多い人だし、家の中の事情も難しいようだったからね。そんなところへ行って、苦労するにも当らないじゃないの。お前が余っ程、清吉さんが好きというなら別だけど……おきよも軽率ですよ。あの人は昔から物事の上っ面しかみないんだし……無責任ですよ。そりゃね。口で言うのは容易ですよ。あの人の家であんたの嫁入り仕度一つするわけじゃないのに、ああしろこうしろと指図ばっかりして……一文だって銭を出す気はありゃしないんだから……うちのほうはそうは行かないのよ。あんたがつまらないところへ嫁入りして、不縁にでもなって戻って来たら、やっぱり、うちが面倒みなけりゃならないんだから……あんたもよくよく、心得てちょうだい。それとも、お前、清吉さんのほうをことわったのを怨《うら》みに思ってるのかい」

おこうは慌てて首をふった。

「そんならいいけど……あんたもいい年して無器用だね。近頃《ちかごろ》の若い娘はみんな自分でいい人をみつけてくるもんだ。あんたのように親兄弟がすっかりお膳立《ぜんだ》てをしてやらなけりゃ男と口もきけないような娘は珍しいよ、全く。重荷ったらありゃしない……」

長姉の愚痴はいつものように、おこうの縁遠いのをちくちくあてこすって果てしがなかった。

おこうは情けなかった。清吉との縁談がこわれたのを内心、ほっとしていた。救われたような気分でもある。といって、いつまでも嫁に行けずにうろうろしている自分を、姉から責められるのは口惜しくもあり、悲しかった。

恋人が出来ないのは、ひっ込み思案の性格のせいもあろうが、姉の故でもあった。おこうがちょっと外で若い男と話しでもしようものなら、顔色を変えて怒るし、おこうに娘らしい派手な装いをさせてくれることもない。外へ出る時は大抵、姉の赤ん坊を背負わせられている。恋の出来る機会はなかった。

二、三日、おこうはかくれて泣いたが、やがて諦《あきら》めてしまった。奉公人にまじって働く生活が単調に続き、姉のお古を着、姉の子供達の世話をしている。

そんなおこうが、思い切って鳥越を訪ねる気になったのは、浅草の寺へ両親の墓まいりに出かけた時である。

四

祥月命日《しょうつきめいにち》に雨が降った。

義兄は欠かせぬ用事があるといい、姉は例によって血の道を起して、今日はよすという。

おこうは一人で、香華《こうげ》を用意して出かけて行った。

墓地で掃除をしている中に、源太郎のことが心の表面に出た。そこではじめて源太郎の所へ行く気になったのではなく、家を出る時から意識があったのは、箪笥《たんす》の中から古びた手鞠《てまり》を出して袂《たもと》へ入れて来たことでも明らかであったが、おこうは迷い続けていた。

おこうのような性格からすると、姉に内緒で男を訪ねて行くのは、大冒険でもあり、気まりの悪いことでもあった。

この雨なら、源太郎も商売に出られないから、宿にいるのではないかと思う。親の墓を掃除しながら、男のことを考えている娘を、親はどう思っているかと気恥ずかしくもなる。

鳥越へ行ったものの、木賃宿はいくつもある。宿の名をきいておかなかった自分の世間知らずがきまり悪い。それでも、最初に行った木賃宿の老爺《ろうや》が親切で、

「祭の出商いが多く泊っているのは、たぶん、布袋屋《ほていや》でしょう」

と教えてくれた。

雨は降りやまず、路地裏の木賃宿はどこも暗く、みすぼらしい。

布袋屋というのも、あまり大きくはなく、軒は少し傾いているような、ひどい宿であった。門口に立つと溝の臭気が鼻へくる。

源太郎はいた。

呼ばれて、階段を降りて来て、おこうをみると、ぎょっとした。

「どうして、こんなところへ……」

とがめられたようで、おこうは泣きたくなった。

「こないだの廻《まわ》り灯籠《どうろう》のお礼を言おうと思って……」

じろじろみている宿の女房の視線に身をすくめるようにして言った。

「ちょっと出よう……」

一度、二階へ戻ったのは銭でも取って来たのか、源太郎がおこうを案内したのは蕎麦屋《そばや》の二階の小部屋だった。時分どきでもないし、この降りなので、店の内はがらんとしている。種物《たねもの》に酒を一本つけてもらって、二人は向い合った。

「この間、見合だったんだって……」

ぎごちなく、盃《さかずき》を何度か口へ運んでから、源太郎がきいた。姉の家の下女にでもきいたらしい。

「ええ、でも……ととのわなかったんです」

「おこうちゃん、高望みなんだろう。どんな男がいいのかな。おこうちゃんの気に入るご亭主は……」

「高望みだなんて……」

不意に自分でも思いがけなく涙が出た。

「私なんか……私なんか誰ももらってくれやしません……」

冗談らしく笑ってみせる芸当なぞ、おこうには出来なかった。みじめになるまいと微笑したのが、泣き顔になってしまう。

「冗談だろう。おこうちゃんのように器量も気だてもいい娘が……子供の時から町内で、志ま屋の末娘はもう四、五年たったら、誰が射とめるか、果報な奴は誰かって、よるとさわると噂だったんだ……」

「そんな……からかうのはよして……」

「本当だよ……」

盃の手を止めて、まじまじとおこうをみた。

「おこうちゃん、どうして、そんなに気の弱いこと言うんだい」

はじめて、おこうの着ているもの、櫛《くし》かんざしに気がついた。志ま屋のお嬢さんにしては粗末すぎた。娘らしい華やかなものはなにも身につけていない。

志ま屋が没落したとは思えなかった。江戸へ出て来て、もう何度もその店の前を通っている。顔をみられまいと用心しながら、ひょっとしておこうに逢《あ》えないものかと、胸をときめかして彷徨《ほうこう》したことが、源太郎の心の中で甘酸っぱい想い出になっている。

志ま屋の店がまえは昔のままだったし、繁昌《はんじょう》ぶりも変っていないように思えた。一度、店の奥から出て来たおこうの姉のおくにをみたことがあったが、如何《いか》にも本町の呉服屋の女房らしく、贅沢《ぜいたく》な身なりであった。

おこうがあの家でおかれている立場というものが、源太郎には想像が出来ない。不自由をするわけがなかった。

「どう、一つ、飲《い》かないか」

恥ずかしそうに涙を拭《ふ》いたおこうへ、仕方なく、源太郎はそんな誘い方をした。

「あたしは駄目よ」

「駄目、駄目って可笑《おか》しいぜ。一つだけ、久しぶりに逢ったんじゃないか」

勧められて、おこうは盃をもらった。はじめての酒である。その割に飲みにくくなかったが、酒の通りすぎた部分が熱い。

袂で胸をあおごうとして、手鞠に気がついた。

「これ、おぼえているかしら……」

取り出してみせた。源太郎に逢うつもりがあって、ひそかに袂へ入れてきたものである。

「手鞠じゃないか」

「あんたが買ってくれたのよ」

「俺が……」

「やっぱり、おぼえていないのね」

夏祭で、姉たちは自分の買い物に夢中になって、末の妹のことを忘れていた。手鞠を売っている店の前で、おこうは老婆が器用に鞠をかがるのをいつまでもみていた。気がつくと源太郎が手鞠を一つ、買っていた。おこうの手に持たせて、仲間のほうへとんで行ってしまった。

「そうだったっけ……きざなことをやったもんだ……」

なつかしい眼をして、源太郎は手鞠を撫《な》でた。

「よく、持ってたな、そんな古いもの……」

返事をしないで、おこうは手鞠をみつめていた。少女の日から、ひっそりと胸に抱いていたあたたかいものが、涙になって瞼《まぶた》からこぼれそうになる。泣くまいと努力していた。源太郎の前にいると、心が涙もろくなってしまっている。

「おこうちゃん……」

源太郎の手が、おこうの手を取った。茶袱台《ちゃぶだい》をどけて、そのまま、おこうを強く引いた。

体の力が抜けたようになり、おこうはぎごちなく、源太郎に抱かれた。

「好きだったんだ。おこうちゃん……」

源太郎の顔が迫って来て、おこうは眼をつぶった。唇を重ねたのが夢のようであった。

抱かれている源太郎の体が、次第に熱くなり、呼吸が苦しげであった。

「いけねえんだ……」

ひき千切るように、体をはなした。突き放されて、おこうは畳に手を突いた。なにが起ったのかわからなかった。

源太郎は湯呑《ゆのみ》に酒を注いで一息に飲み干している。

「俺みてえな者が、おこうちゃんをかみさんに出来るわけはねえ……すまねえ、おこうちゃん、つい、昔の夢におぼれちまったんだ」

恥ずかしさに声も出ず、おこうはおろおろと源太郎をみていた。嫌われたと思った。涙がぽろぽろと畳へ落ちる。救いようのないほどみじめだった。

「気を悪くしねえでくれよ。俺がせめて一人前の下駄職人になっていりゃあとにかく……今のまんまじゃ、志ま屋の娘に手が出せるもんか……」

「源太郎さん……」

そういえば、この前、逢った時、下駄屋へ奉公していたと言ったのが思い出された。下駄屋の息子で、もともとその素地があったのである。家は焼けても、ちゃんとした下駄屋へ奉公していれば、少なくとも、露店で廻り灯籠を売ることはない筈《はず》だ。

「駄目なんだよ。俺は……親方にいくら言われても仕事は遅いし……出来上ったものは無器用で売り物にならねえのさ」

源太郎の造る下駄は、どうも丈夫すぎると親方が叱言《こごと》を言った。下駄なんてものは、みた眼が粋《いき》で、履いて軽く、それでいいと言われた。どっちにしても消耗品であった。小器用に数をこなして仕上げないと職人はつとまらない。

「俺は駄目なんだよ。人が三足作る中に一足しか出来やしない。おまけにみた眼が悪くってね。とても商いにはならないんだ」

「それで、よしたの」

「ああ、祭で廻り灯籠売るのが、俺のせい一杯さ」

苦っぽろい嘆息が、やけっ八のようである。

「いつかは、一人前の職人になり、銭をためて、本町通りの昔の店を買い戻してね……」

ちらりとおこうをみた。

「おこうちゃんみてえな娘をかみさんにもらうのが俺の夢だったが……夢はやっぱり夢だけのことさ。駄目な人間は一生、駄目なんだなあ」

酔いの出た顔が、窓の外の雨をみている。部屋の中も、源太郎の顔も暗かった。暗さが、おこうに不思議なほど勇気を与えた。

「源さん……」

にじりよって、源太郎の膝《ひざ》に手をおくのがやっとであった。

「あたしを……」

眼があけられず、つぶったまま、ひどくかすれた声で続けた。

「おかみさんにしてもらわなくていいんです。一度だけ……」

一度だけでいい、人から心底、愛されたかったのだと心の中で呟《つぶや》いた。

「おこうちゃん……」

ためらいながら、源太郎はおこうの手を取った。その手をおこうは慄《ふる》えながら胸へ押し当てた。少しの間があって、源太郎の手がおこうの乳房を着物の上から摑《つか》んだ。びくんとして体をそらしそうになるのを、源太郎が抱きすくめた。袂《たもと》で顔をかくし、おこうは仰向けにされたまま、自分へかぶさってくる男の重みに、しんと耐えていた。

身づくろいを終えて、蕎麦屋《そばや》を出てからも源太郎は口をきかなかった。勿論《もちろん》、おこうは言葉も出ない。

町はもう夕暮れていた。

雨の中を、日本橋まで一言も発しないで、源太郎はおこうを送って来た。志ま屋の看板がみえたところで、立ち止った。黙って、おこうの眼をみつめる。燃えるような眼が、なにを言っているのか、わからないままにおこうは、ただ、自分も源太郎をみつめた。

嫁にもらってもらいたくて身をまかせたのではない、好きだったから、と言いたかったが、それさえ言えないじまいであった。

夜になっていたが、本町通りは人が多い。

いつまでも路上でみつめ合っているわけにも行かないのだ。それでなくても、もうふりむいてみる通行人がいる。

「じゃあ……」

低く言って、源太郎は背をむけた。逃げるように雨の中を走って行く。

「いったい、なにしてたんだい。心配したじゃないか」

家へ帰ると、姉に叱られた。

「すみません。途中で気分が悪くなって、茶店で休ませてもらってたものですから……」

そうでも言わないと、髪の乱れの弁解がつかない。

「仕様がないねえ、雨の日になんぞ出かけるからだよ」

今日は早くおやすみと言ってくれたのを幸いに、おこうは自分の部屋へひきこもった。体が、まだ濡《ぬ》れているのがわかる。女として大事なものを失ったという後悔はなくて、源太郎に抱かれた悦《よろこ》びだけが残っていた。

はじめてのことなのに、男の体の下で取り乱した自分が恥ずかしかった。

これで一生、嫁に行かなくてもいいと思った。幼い日からの夢がかなったのだから、あとは一生、姉の家で奉公人同様に働かされようと、邪魔者にされようと、辛抱が出来ると思った。そのかわり、どんなに叱られても一生、嫁には行くまいと思う。

この体は、もう、あの人のものなのだ。と両手で自分を抱きながら、おこうは泣いていた。

姉に気づかれるのではないかと、気を遣ったが、もともと神経に荒いところのあるおくには、妹の変化にまるで気づいていないようである。

五

おこうは前よりも働くことが楽しくなっていた。楽しいというより必死であった。姉の家の厄介者で一生、送るのなら、なんとしても姉の気に入られねばならなかった。

幸い、姉夫婦はこのところ機嫌がいい。もっとも、猫の目のように変化の激しい姉の性格だから油断はならないと思った。

一か月がすぎた。

もう一度、源太郎に逢《あ》いたいという気持は何度もおこうを訪れたが、必死で抑えた。

もう一度、逢いに行ったら、女房になりたくて身をまかせたと思われそうな気がした。貰《もら》い手のない女が、押しかけ嫁になるつもりで誘惑したなぞと思われたら、一生、泣いても泣き切れない。

そのかわり、夢では何度も源太郎に抱かれていた。夢だけが、おこうの人生のようであった。

江戸は、もう秋になっていた。

風もさわやかになって、本町通りへ買い物にやってくる客の数も増えている。気の早い者は、もう正月の仕度であった。

志ま屋も、毎日、帖合《ちょうあわ》せや注文品の照合で、夜が遅くなっていた。

その夜も、奉公人の夜食の後片づけを終えてから、姉の居間へ挨拶《あいさつ》に行くと、部屋から番頭の宇之吉が出てくるところであった。店の奉公人が、夜中に奥へ来るのは珍しい。

おこうをみると、宇之吉は慌てたように眼を逸《そ》らして、女のように白い肌を赤くして去った。ぼつぼつ三十になろうというのに、まだ独り者で、役者のような優《やさ》男だから、志ま屋の番頭、手代の中でも客に人気がある。如才がなくて、商売上手だが、女客の中には彼に浮気の相手をさせる芸者や人妻がいて、それをまた、器用にさばくところは、まるで男芸者のようだと悪口を言う古番頭もいる。

どっちかというと、おこうは好きなタイプではなかった。役者のような眼つきをしたり、身ごなしに色気があると思っているらしいが、おこうがみると、なんとも汚い感じがする。だが、姉夫婦はどっちかというと宇之吉に眼をかけていて、おこうに話す宇之吉の評判は、おおむねいいことばかりであった。

「ねえ、おこうちゃん、あんた、宇之吉をどう思う……」

敷居ぎわでおやすみなさいの挨拶をして下ろうとすると不意におくにが聞いた。おこうが顔を上げると、姉は夫の万兵衛と意味ありげに眼を見合せて笑っている。悪い冗談を言われたと思って障子をしめて戻りかけると、

「いやだ、あの子、赤くなっちまって……」

姉の派手な笑い声がきこえた。そうした性質《たち》の悪い冗談には馴《な》れていても、姉妹なのにと、心の中をさびしいものが吹き抜ける。

婚期の遅れた妹をからかっては楽しんでいるような姉の悪趣味も、源太郎を生涯に唯一の恋人と思いつめているおこうには、あまり気にならなくなっていた。

「あたしには、好きな人がいる……」

布団にくるまって、おこうは小さく呟いた。

満足とささやかな幸せが彼女を満たし、その底に悲しい諦《あきら》めが腰をすえていた。うとうととして、胸が重苦しかった。なにかが、のしかかっている。その重さに記憶があった。蕎麦屋の二階で源太郎に抱かれた時に知らされた重みであった。眼がさめた。男が居た。咄嗟《とっさ》に源太郎かと思い、すぐに体臭が違うと思った。はね起きようとしたのを、男が慌てて抱きすくめた。

「しっ、静かに……」

「宇之吉……」

声でわかった。驚きと怒りでおこうは逆上した。それでも相手が宇之吉と知って声が出た。

「なにするの、大きな声を出しますよ」

「お嬢さんっ……」

宇之吉は、薄暗がりの中で顔をゆがめた。

「声を出しても無駄ですよ」

「無駄……」

「お内儀《かみ》さんは知ってますんで……」

「なんですって……」

胸許を押えて、相手をにらみつけた。

「でたらめを言うと承知しないから……」

息がはずんで苦しい。

「でたらめなもんですか。お内儀さんも旦那《だんな》も、あたしにお嬢さんと一緒になってもらいたいって……それが一番、手っとり早いから」

忍び込んだ醜態をまぎらわすように、宇之吉はべらべらと喋《しゃべ》った。志ま屋の店の経営が、だいぶ前から思わしくないこと、そのために姉夫婦が外には見栄をはりながら、内情は四苦八苦しているという。

「嘘じゃございません。はっきり言ってお嬢さんを外へ嫁に出せないのも、お嬢さんにかける嫁入り費用が惜しいからで、嫁に出すとなれば志ま屋ののれんにふさわしいだけのことをしなけりゃなりません。それが苦しくて片っぱしから縁談をことわるんだと旦那が話してくれました……」

宇之吉を聟《むこ》にと考えたのも、祝言が内輪ですむのと、店が左前になって宇之吉のような客をもっている奉公人が店を見限って出て行かない足止めのつもりもあるのだと、宇之吉は得意そうに話した。

「旦那やお内儀さんの胸は、最初から読めてましたが、あたしはお嬢さんが好きだから、おこうさんと夫婦になれるのならと思って承知したんです……ただ、お嬢さんがなんとおっしゃるか……」

それに対して、おくには、おこうは子供だから夫婦というものがわからず、ただ、おびえている。いっそ、男女の秘事を知ってしまえば、安心してなにもかもうまく行くだろうと、宇之吉をけしかけたというのである。

「まさか……姉さんが……」

唇まで白くなって、おこうは否定したものの、心の中では、そんなこともあり得ると情けなかった。

今までの義兄《あに》や姉のやり方が、宇之吉の説明をきくとなにもかも納得が行く。それにしても、いくら店のためとはいえ、実の妹を奉公人に手ごめ同様にして女房にさせるなどと、姉の口から出たのが悲しかった。

「おこうさん……あたしは……おこうさんのためなら……」

熱い息を吐きながら近づいてくる宇之吉をみて、おこうはぞっとした。いくら女のような優さ男でも、男の力はさっき、危く手ごめにされかけた時でもわかっている。

「待って……こんな恰好《かっこう》じゃ嫌……それに咽喉《のど》がかわいて……」

身づくろいをしたいから、その間に水を持って来てくれと頼んだ。

「女には男にみせたくないものだってあるんです……」

必死で言ったのが、かえって真実らしく聞え、宇之吉は言われた通り、水を取りに出て行った。

着物と帯を手早くかかえて、おこうは庭から表へ出た。路地を抜け、材木置場のかげで着物を着、帯をしめた。

足が宙をふむようである。

どこへ行くというあてもなかった。二人の姉をたよって行くつもりもない。

気がついた時は鳥越まで来ていた。源太郎のいる木賃宿の前まで行ったものの、訪《おとな》う勇気はなかった。

源太郎にだけは、厄介者に思われたくない。

足音が路地へ入って来て、おこうは慌てた。

袋小路だから、立ち去るには引返さねばならない。顔をそむけ、路地へ入って来た人をみないようにすれ違おうとした。

「おこうちゃん……」

源太郎だとわかって、おこうは逃げ出した。源太郎に、みじめな自分をさらしたくない。

走って、走って、息が切れて、

「おこうちゃんどうしたんだ」

しっかりと源太郎が背後から抱きとめてくれた。

汚れた足を、源太郎が洗ってくれて、木賃宿の屋根裏部屋へ案内された。理由を訊《き》かれたらと、胸が苦しくなるほど不安だったが、源太郎はなにも訊かず、疲れているだろうから、かまわず横になっていいと言った。

「俺はどうしても、明日までにしなけりゃならない仕事があってね」

気がついてみると、部屋のすみに足駄の台が何足か荒けずりのまま つみ重ねてある。下駄屋の仕事場らしく道具も揃い、むしろが敷いてあった。

「ここなら、仕事場に使っていいと宿の亭主が言うんでね……」

あれから、ずっと仕事をしていると源太郎はまぶしそうにおこうをみた。

「あれからって……」

「あれからだよ」

蕎麦屋《そばや》でのことがあってからという意味であった。

「とにかく、十足ばかり作ってみたんだ」

出来上ったのを荷にして、江戸の下駄屋を持って歩いた。引取ってもらえるかどうか一軒一軒訊いて歩いた。

「三軒目の店で、京橋の丸屋だったんだ。主人がみてくれて、おいて行けと言ってくれたんだ」

五日目に主人が自分で木賃宿を訊《たず》ねて来た。

「俺は、どうせ駄目だと半分あきらめ、半分あきらめ切れないで苛々《いらいら》してたんだ。これが駄目なら、生涯、おこうちゃんを女房には出来ない……」

主人は、十足の下駄の代金を持って来た。

「いくらでもいい、作っただけ引受けるから、出来上ったらどんどん持って来てくれって言われたんだ。長いこと、下駄屋をしているが、こんな親切な下駄には、はじめて出くわしたって言ってくれたんだ」

台の造りといい、鼻緒《はなお》のすげ具合といい、なんとも履き具合がよいといって、主人が勧めて客が買い、買った客がみんな、二、三日すると、もう一足欲しいと言って来たという。

「はいてみりゃわかる。下駄なんてものは、造る人の心が、そっくり履き手の心につながるんだ。いくら、職人にいっても駄目だったんだが……」

帰りがけに送って出ると、丸屋の主人は源太郎の造った下駄を履いていた。

貰《もら》った金で材料を買った。まわりが応援してくれて、源太郎はこの屋根裏の仕事部屋へ移り、必死になって下駄を造った。

「今日も出来上ったのを届けに行ったんだよ。いつまでもここにいるのもなんだろうからって、長屋だが、小ざっぱりした家をみつけてくれて……実は明日にも、おこうちゃんに逢《あ》いに行くつもりだったんだ」

まだ一人前とは言えないが、どうやら生活のメドが立った。

「店がもてたら、嫁に来てもらえるだろうかっていやあ、恰好《かっこう》がいいんだが、俺、もう、待てなくなってね……」

照れた顔が、まっすぐおこうをみつめている。

「駄目だろうか、おこうちゃん……」

おこうは黙って、源太郎をみつめていた。自分にこんな日が訪れるとは、夢見心地というのは今の自分の気持のようなのをいうのかと思った。

「おこう……ちゃん……」

源太郎の手が、おそるおそるのびて来て、おこうは花のように抱きよせられた。

「待てないわ、あたしだって……」

生れて来てよかった、という思いに全身をひたしながら、おこうはゆっくり眼を閉じた。

居留地《きょりゅうち》の女

日本政府は、明治元年十一月十九日を以《もっ》て、「鉄砲洲《てっぽうず》」に（築地《つきじ》の、南八丁堀一帯、海に至るまでの間の土地を、俗称して鉄砲洲と呼んだ）、外人居留地を開くこととし、次いで東京市民に外人との交易を許した。明治三十二年九月、条約改正となるまで、築地居留地は東京の中の異国情緒の町として、近代日本の未来への夢を育《はぐく》みながら、築地川と海のほとりにひっそりと繁昌《はんじよう》した。

一

たてつけのよくない、江戸時代の長屋そのままみたいな入口の戸に、小さな貼り紙がしてあって、

「西洋せんたく、いたします」

細い、きれいな女文字がそこだけ優雅に見える、その戸口から男の影が丸くなって、ためらいがちに入って来た時、丸山志津はなんとなく悪い予感がした。

「丸山志津さんはこちらだと聞いて来たのですが……」

入口に立ちはだかって、すばやく家の中を見まわした男の態度に、志津は身がまえる姿勢になった。十枚足らずの木綿のシャツに火熨斗《アイロン》をかけている最中である。

「丸山志津は私どもでございますが……」

女一人の住いと侮られぬよう、きっぱりした声で志津は応じた。

「志津さんは……御在宅でしょうか」

「私が、丸山志津でございます」

男の影が、いきなり土間へかけ込んで来た。

志津は狼狽《ろうばい》して腰を浮かせた。頭上に釣ったランプの光りが、志津の顔を照らしている。

男の視線は不躾《ぶしつけ》に、志津の顔にへばりついた。焼けるような凝視を浴びて、志津はかすかに戦慄《せんりつ》した。

「あんたが、丸山志津……」

男がうめいた。

「違ったか……」

嘆息といっしょに呟《つぶや》いて、又志津を見る。

「あんたのことを、そこの居留地の世話方できいたんだが、信州の生れだって」

「ええ」

志津は、昨年の秋に、この西洋洗濯屋の店を出し、居留地へ出入許可の鑑札をもらった時に、居留地商取引の頭取宛《とうどりあて》に提出した身分お届けに書いた文字を思い出した。

丸山志津、二十三歳

生国、長野県北安曇《きたあずみ》郡細野村

だが、志津がその生国を告げたとたん、男の顔に血の色が上った。

「細野村だって……じゃあ、両親の名は、お父っつぁん、おっ母さんの名前は、なんて言いなさる……」

「両親は、もう、ずっと以前に、なくなりましたけど……」

男の異常な興奮が、志津をためらわせた。或《あ》る不安が湧いていた。

「あの……」

男の視線にうながされて、しぶしぶ言った。

「父は丸山正造……水呑百姓《みずのみびゃくしょう》です。母は、くめ……」

「ちがうッ」

男の声が志津の横っ面をひっぱたくようにとんだ。

「あんた、丸山志津じゃないッ」

志津は目を大きくし、両手で帯の前をぐっと下げた。激しくなった心臓の鼓動を押しつけるように、圧《おさ》えた声で言った。

「私、丸山志津です……」

「違う。あんたじゃない」

「でも、私、丸山志津です、信州の細野村の生れで……父は……」

「僕は、お志津さんを赤ん坊の時から知ってるんだ。僕の知っているお志津さんはあんたじゃない」

「私、十一の時に、両親が続いて歿《なくな》りました。庄屋さんのお世話で、横浜の南蛮屋という薬屋さんへ子守奉公に行ったんです。その店が間もなく左前になって潰《つぶ》れてしまってから、横浜の居留地へ子守《アマ》さんに行って、異人さんが帰国する度に奉公先が変りましたけど、ずっと居留地で働いていました」

男の眼に笑いが浮かんだ。

「誰が教えたか知らないが、その通りだよ。八年前、僕が横浜を出帆するアメリカ船へ乗るまでは、お志津さんは居留地で女中奉公をしていたんだ」

志津は唇を噛《か》んだ。

「誰に教えられるもんですか。私が丸山志津なんだもの」

男は上りかまちに腰を下ろした。もと豆腐屋だったのを改造したので、家の大半は土間であった。片隅に井戸がある。大きな洗濯槽が二つ、でんと並んでいて、井戸端には西洋風の金盥《かなだらい》と、日本古来の盥とが不調和に重ねてある。畳数は六畳で、火熨斗《アイロン》をすませたシーツやシャツがきちんとたたみつけられてある。男は、そうしたものを眼のすみに止めながら、格子のシャツのかくしから紙巻きの煙草を出して火をつけた。居留地で働いていた志津は見馴《みな》れているが、この界隈《かいわい》の住人なら声をあげて驚いたろう、その頃はまだ舶来物でしかなかった燐寸《マッチ》である。

「あんた、本物の丸山志津がどこに居るか教えてくれないか」

煙草の煙の中で、男の表情が落着きを取戻していた。

「あんた、居留地で丸山志津といっしょに働いてたことがあるんじゃないかな。なにかの都合があって、丸山志津の名前を借りて暮している。そうだろう。人にはそれぞれ理由がある。あんたが居留地の商会所に偽りの身分届をしていることを、僕は誰にも言いはしない。僕が知りたいのは、丸山志津の所在なんだ。志津は僕の女房になる女なんだ」

声には出さなかったが、志津は息を引いた。

「子供の時からの約束でね。志津が横浜へ奉公に出てから、僕も信州をとび出して横浜の居留地へ馬丁になって住み込んだ。金を貯めて夫婦になろうと誓い合って稼いでいる中《うち》に、僕の主人のトーマスという人が帰国する事になって、僕にアメリカへついて来いと言った。三、四年、真面目に働いて、アメリカで新しい技術を身につければ、先ゆきの為にもなるだろうと勧められて、行く気になった。志津は何年でも待っていると約束してくれた」

照れた表情に子供っぽさがのぞいている。

「なにも、のろけを言うつもりじゃない。僕は丸山志津を探しているんだ。八年ぶりに帰国して真先に横浜の居留地を探した。みつからない。築地へ移った奉公人もあると聞いて、今朝早く新橋のステイションからこっちへ来たんだ。商会所で、昔、居留地で働いていた丸山志津という女が、居留地の外に店を持って、居留地の外人相手の西洋洗濯屋をしていると教えられた時は、天にも上る気持だった。だが、あんたは……」

「私が丸山志津です。他に申し上げることはございません。どうぞ、お帰りになって下さいまし」

志津はつとめて冷ややかな口調で遮った。男の眼が怒った。

「あんた……志津の所在を知らないのか……そうじゃない……あんた、なにか隠している」

立ち上って、上りかまちへ足をかけた。反射的に背後へとび下ろうとして志津の足が硯箱《すずりばこ》を蹴《け》とばした。墨がとんで、シーツに点が散った。

悲鳴をあげて、志津はシーツを摑《つか》んだ。男の存在を咄嗟《とっさ》に忘れた。かまっていられないという気持だった。

土間へとび下りて、水を汲《く》んだ。

「冗談じゃない。水なんかで落ちるもんか」

男がずかずかと近づいて来た。

「酢がないか」

「えっ？」

「酢だよ。酸っぱいものは嫌いか。墨を落すんだ。ぐずぐずしてるとしみになるぞ」

男は器用な手つきでシーツをつまみ、汚点を水につけ、酢を使って叩《たた》き除《と》った。

「西洋洗濯屋のくせに、しみの取り方も知らねえのかい」

憎まれ口といっしょに投げてよこしたシーツを、志津はランプの光りで丹念に見た。しみは無かった。

「すみません……」

正直に笑顔になった志津へ、男はぶっすりと言った。

「変な人だ。あんたは……」

二

男は浦松孝吉といった。

その晩から志津の家に居据わった。本物の丸山志津について、彼女が口を割るまでは永久に居据わるというのが、その理由であった。

志津は孝吉を二階の、普段、彼女が寝起きに使っている四畳ばかりの一角へ泊めた。

二階というと聞えがいいが、実際は屋根裏部屋で、すぐ物干場に出られる。土間の上がぽっかり四角くあいていて、そこへ梯子《はしご》をかけて上るという仕組で、屋根裏部屋といっても、清潔好きの志津のことだから、きちんと整理《せいり》整頓《せいとん》され、畳も新しく、むしろ仕事場にしている階下より、落着いて部屋らしい感じがする。

孝吉を二階へ上げて、志津は梯子をはずした。下へおりて来られない要心のためだと、孝吉にもすぐわかったらしいが、彼は苦笑し、やがて押入れの中から取り出した夜具を穴から下へおろしてくれた。女の一人暮し、夜具は一組しかなかった。

「搔巻《かいまき》一枚、借りとくぜ。それだけあれば極楽さ」

笑い声を頭上に響かせて、孝吉の姿が穴から消えてしまった後も、志津は冷え冷えとした土間に、思案に暮れて立ちすくんでいた。

翌朝、志津は生れてはじめて男と差し向かいで飯を食べた。前夜に洗い上げてあった洗濯物は早々と干場へほしてある。片付けものを済ますと、志津はいつものように仕上ったシーツやシャツを風呂敷《ふろしき》に包んで、家を出た。

帯に、居留地通用証の鑑札をぶら下げ、筒袖《つつそで》の着物の上から白い西洋風の上っぱりを着て、風呂敷を背負って行く志津の姿を、もう見馴《みな》れた筈《はず》なのに、近所のおかみさんたちが仕事の手を止めて見送っている。

志津の商売先は、殆《ほとん》ど居留地の家であった。洗張《あらいはり》は別として、洗濯物を賃金を払って洗ってもらうという習慣を、まだ日本人は持っていない。たまに、ぼつぼつ洋服を着はじめた居留地へ通ってくる日本の貿易商社の番頭や手代がこれ以上、汚す所がないように汚れたシャツを持ち込んでくるくらいのことであった。

その志津の西洋洗濯屋といっても、以前、横浜の居留地でやっていた清国人の洗濯屋が使っていた手動の押しもみ式の洗濯機と、これだけは格安に居留地で分けてもらってくるシャボンが、どうにか西洋洗濯屋の肩書を保っている程度で、洗濯を引受けられるものといえば、まず、木綿のシャツ、寝台用のシーツ、枕《まくら》カバー、それに下着の類《たぐい》くらいのものであった。無論、完全なドライクリーニングは横浜でも出来ず、高級品は上海、香港あたりへ運んで依頼するのが、その頃の居留地在住の外人の常識であった。

居留地へ入ると、志津は出来上った洗濯物の配達を後まわしにして、真直ぐ一軒の洋館へ入って行った。屋根の上に、志津も知っているイギリスの有名な商社の商標《トレードマーク》を刺繍《ししゅう》した三角の小旗が翻っているのは、その家の主人の職業を誇示してのことである。

ギヤマンを張った戸口には横文字に、商社の名と、ジョン・ウィリアムズという主《あるじ》の名と肩書が光っていたが、志津は白ペンキを塗った垣根にそって裏口へ歩いて行った。

把《と》っ手《て》に手をかける前に、志津は深呼吸をした。言うべき言葉を胸の中で反芻《はんすう》してみる。ためらいがちに把っ手をひねった。

「あら、あんた、ちょうどいい所へ来てくれたわ」

大輪の紫の花が揺れたように、ウィリアムズ夫人は華やいだ声をぶっつけた。

「ジョンが帰って来たのよ。今朝の船で……上海へ行ってたこと、話さなかったかしら。今、浴槽《バス》に入れてるところなのよ。洗濯物《クリーニング》、沢山あるわ」

天鵞絨《ビロード》の裾《すそ》をひるがえして女主人は奥へ去った。志津は台所《キッチン》を見まわす。昨年の秋まで、自分が働いていた調理台や棚の上が、薄汚れていた。志津の後任に来た、清国人の下婢《かひ》が気のつかない女なのだと、始終、ウィリアムズ夫人はこぼしている。

「お待ちどおさま」

派手な格子のシャツやワイシャツ、下着を腕にかかえて、ウィリアムズ夫人はかけ戻って来た。黒い髪をくるくると頭頂にまとめ、白い象牙《ぞうげ》の髪飾りで止めている。ぴったりと身についた洋服の着こなしと体中で言葉を表現する習慣は、天鵞絨の布に包まれている白い肌の下を流れている血が純然たる日本人であることを、ふと、疑わせる。

「ジョンの背中を洗ってやらなけりゃならないの。あの人は私の所へ帰ってくると赤ん坊になっちまうんだから……」

艶《えん》な笑いをはばかる所なく、あたふたとバスタオルをふったウィリアムズ夫人の幸福そうな体つきだけを目に残して、志津は外へ出た。

言いそびれた言葉が、無意識に歩いている志津を丸くとり巻いている。

(あんた……本当に過去をすっかり私にくれちまったの……)

瞼《まぶた》に残っているウィリアムズ夫人の充実した表情は過去を完全に切断している女の貌《かお》だ。

(だったら、あの孝吉という人は……)

男の体臭が鼻にせまった。それが、抱えているジョン・ウィリアムズの衣類からだと気がつくと、志津は奇妙な腹立たしさを覚えた。

三

孝吉と志津の、変な共同生活が始まった。

孝吉はまめな性格で、志津がいくら拒絶しても、要領よく仕事を手伝ってくれた。配達や注文取りに志津が居留地を歩いている間に、水を汲《く》んだり、湯をわかしたり、干場の洗濯物を取り込んだり、男にしては気がつきすぎるくらいである。

だが、志津は、孝吉がぼんやりと彼女の手伝だけをして日を暮しているわけではないのを知っていた。居留地の商会所へ出かけて、志津の過去を問い合せたり、近所の人たちに尋ねたり、彼としては出来る限りの「本物の丸山志津」探しを行っていた。

彼はそのことを別にかくそうともしなかった。

「あんた、本当に丸山志津に化けちまってるんだね」

夜食の膳《ぜん》を囲む時なぞ、孝吉はあきれたという顔で言った。

「どこをどう調べたって、あんたが丸山志津じゃないって反証は挙がりゃあしない」

考えてみると、あんたはうまい人間に化けたものだ、と孝吉は唸《うな》った。

「丸山志津には両親も兄弟もない。信州の細野村にはろくな親類もないんだし、十歳かそこらで村を出てしまったのだから、今更、信州まで行って、細野村の人間を引っぱって来ることが出来たとしても果して、あんたの首実検が出来るかどうかあぶないもんだ。女が子供から娘になる十年間は、見違えるような変り方をするもんだ。まして生活《くらし》が変り、環境《ところ》が変ったら、田舎者の年寄なんぞ、随分、きれいになんなすった……それだけでおしまいさ。第一、あんたが丸山志津として細野村の人間に逢《あ》う機会は、まず、なかろうし……俺という人間が現われさえしなけりゃ、あんたの化けの皮は一生涯はがれずに、あんたは丸山志津として安穏に墓の下へ入ったただろうよ」

志津は相手にならなかった。なんと言われても、返事の出来ることではない。

「しかし、あんたが丸山志津になりすまし、戸籍まで自由に使ってるとすると……本当の丸山志津はどうなってるんだ。死んじまったんじゃないことは、あんたの表情でわかる。まさか、あんたが殺しちまったわけでもあるまい。あんたには人殺しをした翳《かげ》はないからな。あんたは自分の素性が暴露することを怖れてるんだろうが……俺にはどうも合点が行かないんだ……」

横浜へ出かけたついでに入手して来たという薬品——志津にはわからないが、多分、クロロホルム、硫化炭素、エーテル、ベンジンなどの類《たぐい》であろう——種々の揮発性薬品を使って、孝吉は無水洗濯の実験をしたりした。アメリカにいた時に、ざっとの知識を得ていたものらしい。

「まさか、西洋洗濯屋に居候《いそうろう》するとは考えなかったからね。そうと知ったら、クリーニング屋に奉公して技術盗みをしてくるんだったよ」

ぼつぼつだが、皮の手袋や毛織物、ボーア（羽毛の衿巻）なぞの洗いを引受けてもいいと孝吉に言われ、志津はおっかなびっくり、あまり高級でない品をあずかって来たが、その無水洗濯の評判が良く、忽《たちま》ち、居留地中から依頼が殺到した。

「あんた、どうして洗濯屋なんか女一人で始めたんだ……」

「居留地をひかえて、いい商売だと思ったからよ。機械を世話してくれる人があったし……」

「着想はいいさ。女一人では無理だ」

「女が店を持っちゃあ、いけませんか」

「なぜ、その年齢まで、御亭主さんを持たなかったんだろうな」

「男なんて頼りになりませんよ」

志津は笑った。この男も、普通の男と同じような質問をするのかとみくびった気持である。

「頼りになる奴に逢わなかったんだろう。不幸な人だ……」

その言い方が志津の癇《かん》にさわった。

「えらそうな口をきくけど、八年間も女を放り出しておいたお前さんは、頼りになる男だって言うつもりかい」

作業の手を休めて、孝吉は志津を瞶《みつめ》た。

「気にはしていたんだ。忘れていたわけじゃあない……だが、信じていたんだ」

「男の八年と、女の八年は違います。音信もなしに八年もの間……」

「待てないってのか」

肩をつかまれた。ふりかえった志津の顔の前に孝吉の目がぎらぎら光っている。熱っぽい、生まじめな、男の目であった。

「女には待てないものなのか……あんたなら……あんたなら、どうだ……待てないか」

志津の体の底から突き上げてくるものがあった。志津は目を閉じた。激しい孝吉の息づかいが、志津の顔の前にあった。だが、志津は肩にかかっていた孝吉の手から、ゆっくりと力の抜けるのを知った。

目を閉じたままで、志津は二階へ上って行く孝吉の気配をきいていた。

「お休み……梯子ははずしといてくれな」

ぽつんと志津の目のすみに涙が浮いた。薬指のはしで邪慳《じゃけん》に払い捨てた。

日に一回、居留地に集配に出かける度に、志津は迷ったり、ためらったり、抵抗しながら、ウィリアムズ家の裏口のドアを開閉していた。が、最初に失ったきっかけは、なかなか得られなくなってしまった。

ウィリアムズ夫人は、夫といっしょに横浜へ外出していたり、たまに家にいたかと思うと、ジョン・ウィリアムズも自宅にいた。

志津がウィリアムズ夫人に話そうとしていることは、あくまでも夫人と一対一の場でなければならなかった。

(話したものか、どうか……)

それすら、志津は定《き》めかねていた。

話した結果、ウィリアムズ夫人に与える衝撃が怖かった。夫人が悩み苦しむのが目に見えている。ひょっとすると、夫人の現在の幸福な生活の城が、ガラガラと音をたてて崩れるかも知れないのだ。

志津はウィリアムズ夫人が与えてくれた親切を想った。恩というだけでは、片づけられない夫人からの好意で、志津は今、生きている。

(あの時、もし、ウィリアムズ夫人に逢わなかったら……)

たった一人、夢中で逃げ出した横浜のステイションを志津は思う、迷い込んだ居留地を野良犬のように怯《おび》えてさまよった、追いつめられた気持だった十八歳の夜を想う。

(話すまい……)

そうも思う。知らぬほうが幸せ、という例は人生にままあることだ。

志津は迷いながら居留地の玄関《ゲイト》を入り、迷いながら玄関を出た。

四

志津が怖れている事は、もう一つあった。

狭い一軒の家に、若い男と女が生活をともにしているのである。三度の食事、身のまわりの始末など、他人行儀に、つとめてあっさりと暮しているつもりでも、情が湧く。

志津は、この頃、いそいそと飯の仕度をしている自分に気づく。俎板《まないた》に立てる庖《ほう》丁《ちょう》の音も、気のせいかはずんで聞えて、その度にどきりと胸を衝《つ》かれる。

二階と下との夜は、相変らず神妙に守られているが、志津は孝吉を信用出来ないというのではなく、自分に自信が持てなくなっていた。怖い、と思う。

その日が、不意打に来た。

　居留地の集配から戻ってくると、孝吉が居なかった。近くへでも出かけたのかと夕飯の仕度をして待ったが、帰って来ない。落着かないままに、志津は洗濯機に取りついた。火熨斗《アイロン》をかけていても、路地へ入ってくる足音にじっと耳をすませている自分を、志津はみじめだと思った。路地の足音が家の前を素通りして行く時の、なんとも空《むな》しい気持に、志津は歯がみして戦った。

　帰って来なければ幸いなのだ。そう思うべきだと自分を叱りつけた。孝吉が、もし、諦《あきら》めてこの家を立ち去ったのなら、感謝しなければならない。喜んでいい筈《はず》であった。

　近所では、ぼつぼつ評判になっていて、悪いことには町内見まわりの巡査の戸別訪問があった折、孝吉がいけ図々《ずうずう》しく、志津の許嫁者《いいなずけ》として戸籍や姓名を名乗ってしまったので、以来、隣近所では志津と孝吉を夫婦扱いにしかかっている。

　孝吉さんのおかみさん、などと呼ばれて、私は迷惑そうに腹を立てながら、その実、手放しで嬉《うれ》しがっていたのだろうか。

　気がつくと、頬を涙が伝っていた。

　泣くことはない、馬鹿な、何故《なぜ》、泣くわけがあるものかと両膝《りょうひざ》を摑《つか》んで、志津はふるえながら泣いた。子供のように声をあげて泣きじゃくった。

　孝吉が帰って来たとき、志津は泣き腫《は》れた顔で、又、火熨斗《アイロン》をかけていた。

孝吉は泣いた痕《あと》の、はっきりわかる志津をみると、ふっと目を逸《そ》らした。どこへ行っていたのか、という志津に答えず、梯子《はしご》を上へのぼった。上《あが》ってから、下へ、ぼそりと言った。

「もう、帰って来ない気だったんだ……」

志津は梯子の下で息を呑《の》んだ。

「ここに居ると……だんだん、お前さんが丸山志津になっちまいそうで……」

志津の手が梯子を握りしめた。そのまま、かけ上って、孝吉の腕の中に武者ぶりつきたいと思う。奥歯ががちがち鳴った。

心と裏はらに、志津の手はのろのろと梯子を、いつものように土間の片すみに立てかける作業をはじめていた。

まんじりともせずに夜を明して、志津は飯をたき、朝の仕度を整えると、梯子を二階から下りられる位置に直し、家を出た。

居留地へ入ると、梅が匂った。

春になっていることを、志津は気づいた。

朝のさわやかな光の中に港が見渡せた。

佃《つくだ》寄りの木の上に、外国船が林のように帆柱を連ねて静かに浮かんでいる。横浜と築地とをつなぐ外輪船も、今朝はこっちに停泊していた。

ウィリアムズ家の前に馬車が止っていた。夫婦で出かけるのかと、志津が胸をどろかせていると、乗ったのはジョン・ウィリアムズ氏だけであった。もう初老に近いが、志津が奉公しはじめた頃と少しも変っていない。相変らず恰幅《かっぷく》のよい、立派な容貌《ようぼう》に口髭《くちひげ》が似合った。

馬車が走り去ってから、志津はウィリアムズ夫人に声をかけた。

「ああ、あんた、今朝は早いのね。ちょうどよかったわ。あんたが来たら相談しようと思ってたの」

まあ、上ってよ、と夫人は表口のドアを開けた。

居間には日光があふれていた。見憶《みおぼ》えのある丸型の鏡や、ラベンダー色の座椅子《ざいす》が以前の通りの配置を保っている。

「どう、なつかしいでしょう。この部屋へ入るの、半年ぶりくらいじゃないこと」

夫人は椅子を勧め、自分は着がえを始めた。赤葡萄色《あかぶどういろ》のガウンの下はうすい寝衣である。

豊満な肉体を惜しげもなく志津の目にさらして、脱いだり着たりしている体の自由な屈折に志津は見とれていた。

「私、イギリスへ行くことになるわ」

背中のボタンを志津が手伝って留めている時、夫人は楽しそうな口調で言った。

「ジョンが帰国することになったのでね……私もついて行くのよ」

「奥様が……」

「ジョンがそうしてくれと言うし、妻としても当然の事ですからね」

志津が、この人がいわゆる居留地の洋妾《らしやめん》ではなく、後添えだが正式にジョン・ウィリアムズの妻になっていたことを、改めて思い浮かべた。

見知らぬ国の見知らぬ町の、見知らぬ夫の家族たちの許《もと》へ、故郷を捨てて永住することに、ウィリアムズ夫人はさほど怖れを感じていない風であった。

「心細いとは思わないわ。ジョンを愛しているのだし……日本に親兄弟があるわけじゃあないのだから……」

出発は来月下旬、それまでに荷作りや家財の整理に忙しいから、時々、手伝ってもらえないかとウィリアムズ夫人は頼んだ。

「その代りといってはなんだけど、あんたの役に立ちそうなものは、なんでもあげるわ」

どっちみち、名前も戸籍もあげたんだし、私が日本に居なくなったほうが、あんたには都合がよいと思うわよ、と明るい口調で告げるウィリアムズ夫人をみつめて、志津は思わず言った。

「奥様は、本当になにもかも、私に下さるおつもりなんですか……」

志津の網膜に、孝吉の面影が映った。

「奥様の過去には、いろいろなことがあった筈です。その中には、人には容易《たやす》くあげてはいけないものもあったのではないでしょうか、奥様は、人の真心まで、要らなくなったら、私に下さるっておっしゃるんですか」

ウィリアムズ夫人は眉《まゆ》をひそめ、暫《しばら》くしてあっと小さな声をたてた。

「なんのこと……あんた、なんのことよ」

唇を結び、みつめている志津の視線の強さに、たじろいで口走った。

「まさか、あの人が……」

「私、孝吉さんに逢《あ》ったんです」

「いつ……」

「もう、十日以上も前です」

「なぜ、もっと早く、言わなかったの」

「お知らせしたら、奥様は孝吉さんにお逢いになったっておっしゃるんですか。奥様はたった今、ジョン・ウィリアムズさんを愛しているとおっしゃった、その同じ口から、孝吉さんに何を言おうというんです、何がおっしゃれるんです……」

志津は汗ばんだ手で座椅子の背を握りしめた。

「孝吉さんは丸山志津を探しているんです。八年前の約束を、後生大事に守って、丸山志津が待っていると思い込んでいるんです」

泣くまいと、志津は己れを制した。台所のほうから、清国人の下婢《かひ》が鼻歌まじりに洗いものをしている声が聞えている。

浦松孝吉が現在、西洋洗濯屋をしている丸山志津の二階にいることだけを告げて、志津はウィリアムズ家を辞した。

使を出して孝吉を呼び寄せるか、それとも自分で逢いに行くか、どちらにしてもウィリアムズ夫人の心次第だ、と志津は考えた。

足をひきずるように、志津は居留地の中を御用聞きに廻《まわ》り、それが済むと、港がよく見える空地へすわり込んだ。

五

孝吉は午後になっても志津が帰らないと知ると、戸じまりをして外へ出た。

日ざしは春だが、築地川を渡る風はまだ冷たい。

川っぷちに沿って、孝吉は居留地を横目にみながら歩いた。志津が集配に出かけたと考えるには時間が経ちすぎていた。

(どこへ行っちまったのか……)

昨夜、出迎えた志津の赤く腫《は》らした瞼《まぶた》が浮かんだ。

人力車が幾台となく、孝吉を追い抜いて行った。それらの行く先をみていると、明石《あかし》町の海岸寄りの角に、新しく出来たホテルへ吸い込まれるように消えた。

鐘が鳴っていた。

教会の鐘の音で、これは長い年月をアメリカで暮した経験のある孝吉には、なつかしい気がした。

鐘の音は居留地の中の教会の鐘楼から聞えてくるようであった。咎《とが》められなかったのを幸いに、孝吉は居留地の玄関を入って行った。

この土地の異人館も、昔、孝吉が馬丁をしていた頃の横浜の異人館と殆《ほとん》ど同様の造りだった。

申し合せたように煙突から白い煙が吐き出されている。石炭ストーブの煙であった。

一軒の家では、窓ごしに老年の外人夫婦が向かい合って午後の茶を飲んでいる風景が見られた。

不意に孝吉は、ランプの下で向かい合って飯を食べていた志津を想った。飯をよそってくれた志津の手、笑いながら話しかけた小さい口許、土間と上りかまちを往復するたびに、着物の裾《すそ》からのぞけた脛《はぎ》、くるぶし——そんな志津の体の部分、部分が生ま生ましいほど鮮やかに孝吉の感覚の中でひしめき合った。

目の前の洋館のドアが開いて、女が出て来た。海の色のようなドレスに白いボアをかけている。外人の女かと行き違いかけて、孝吉は女が石のように立ちすくんだのに気づいた。

ふりむいた矢先へ、女が叫んだ。

「孝吉さん……」

孝吉は、ぼんやり女を眺めた。無縁の女であった。洋服を着た女が日本人であったという認識しかなかった。女は不躾《ぶしつけ》に孝吉をみつめている。孝吉も、じろじろと女をみた。横浜の居留地で逢った女かも知れないと記憶をたぐったが、思い出せない。

「どなたでしたっけ……」

女が身をひるがえして洋館へかけ込んで行くのを、孝吉はあっけにとられて見送った。

向うが、人違いをしたのだと解釈した。

そのまま歩き出して、いきなり孝吉は腕を摑まれた。垣根の横から志津がとび出して来たものだ。

志津は凄《すご》い眼をしていた。ぐんぐんと孝吉を引っぱって行く。引っぱられるままに、孝吉は歩いた。

道が折れて、教会があった。

志津が手を放した。

「迎えに来たんだよ。どこへ行っちまったかと思った……」

孝吉の言葉に、志津は首をふった。

「あんた、今、逢った女の人……知ってる」

なんだ、と孝吉は苦笑した。

「やきもちかい。そいつはちと早すぎるぜ」

志津は激しく首をふり続けた。

「知ってるかって聞いてるのよ」

「知るもんか。居留地の女につき合いなんかない……向うが誰かと勘違いしたんだ。あわてて逃げて行ったじゃないか」

孝吉の手が肩にかかった。

「馬鹿なことを言ってないで帰ろう。荷は僕が背負って行くよ」

待って、と志津は哀願した。

「あの女の人……ウィリアムズ夫人よ」

「洋妾《らしやめん》か」

「いいえ、ちゃんと外国の籍へ入って……」

「豪気だな。余っ程、女の心がけがよかったんだろう……」

横浜の居留地でも、そんな例があった、と孝吉は話した。

「外国人だって人間だ。女をみる眼はおんなじだ。いい女なら惚《ほ》れもするさ」

「孝吉さん……」

志津の声が慄《ふる》えていた。

「本当に……あの人に見憶《みおぼ》えがないんですか……よく考えて、思い出して下さい……あの人は……孝吉さんがわかったんですよ」

孝吉は顔をこわばらせた。

「まさか、あれが……」

志津の眼とぶつかった。泣いたような志津の眼がそうだ、と告げていた。

二人は、おたがいに助け合うように体を抱き合って、志津が今日一日、坐《すわ》り込んでいた空地へ来ると、崩れるように腰を下ろした。

日が暮れかけて、枯れた雑草の上を風が吹いた。

「私……五年前でした……」

とりとめもなく、志津が喋《しゃべ》り出した。

「生れた家は、代々、女の子を金持へ嫁入らせて、それで一家が繁栄するのが、しきたりみたいになっている名ばかり格式の高い旧家だったんです。十八でした。九州の成金の後妻に縁談がきまって……嫌でした。死んでも嫌だと思ったんです。横浜へ婚礼のための買い物に出た帰り、横浜のステイションで仮病《けびょう》を使って、供の女中に薬を買いにやらせ、逃げました。馴《な》れない土地を、ただもう、つかまるのが怖くて、無鉄砲に逃げ走り、気がついたら山の手の居留地へ入り込んでいたんです。そこで……あの人に逢《あ》いました……」

沖の船に灯が点《つ》いた。

夕暮の空に星を数えるように、見る間に数を増して行く。

「居留地へ逃げ込んだのが、私の幸せでした。それっきり、生家との縁は切れたんです」

治外法権の居留地には探索の眼も届かない。一人の名のない、日本人の女中が誕生して、新しい人生をふみ出すには、屈強の別天地でもあった。

横浜から築地へ、ウィリアムズ家の移動に従って志津も移った。

日本人でありながら、外国人との愛によって日本の国籍を必要としなくなった女は、日本では、親のつけてくれた名前で暮すことが不可能になった女に、過去の名と戸籍をゆずった。

「あの人は、私になにもかも話してくれました……私が丸山志津になって困らないように、どんな小さなことでも……でも、あの人が私にくれた丸山志津の過去には、あなたは入っていなかったんです」

船の灯をみつめながら、志津は言った。

「名も、籍も、洗いざらい、残らずくれてやった女に、あの人が、どうしてもくれる気になれなかったのが、あなたとの想い出だったんです」

「夢を探していたんだな……」

孝吉が呟《つぶや》いた。

「八年間、想い続けていた女に、ばったり出くわして、俺にはわからなかったんだ。あの人も衝撃だったろうが、俺は、もっと驚いた……あきれたもんだ……」

左右の手で交互に左右の肩を叩《たた》いた。

「背中が、急に軽くなっちまったよ」

気がついたように立ち上って、手を差しのべて志津を立たせた。

着物についている枯れ草を軽く払いのけた。

志津の眼が、孝吉の動きを、またたきもせず見つめていた。

孝吉は洗濯物の入った包を肩にかけた。

「寒くなった、行こうか」

すがりつくように、志津が言った。

「あたしが……あたしが丸山志津でも……いいんですか……」

はっとしたように孝吉が志津を見、かすかな安堵《あんど》と、照れのまじった笑いを浮かべた。

「俺がききたい所だったんだ。あんたを、丸山志津だと思っていいかってことを……」

頬に血の色が上り、志津はうろたえ、うつむいた。はっきりとうなずいた。

「私が、丸山志津です……」

小さく笑って、つけ加えた。

「はじめて逢った時、ちゃんとそう言いました。あなたが違うって言ったんです……」

寄り添って歩き出した影は、居留地の玄関で呼び止められた。

「鑑札を持っとるか」

顔をあげた志津に、驚いて声が和らいだ。

「なんだ、あんたか」

志津は帯に下げていた鑑札を商会所の頭取に見せた。

「あの……明日にでもお届けに参るつもりで居りますが……」

はにかみながら、孝吉を目でしめした。

「主人でございます……」

「ほう……」

商会所の頭取は、にやにや笑った。

「それは早速、届け出て、鑑札をもう一枚、もらっとかにゃ、ならんな」

玄関を馬車が帰って来た。

志津は、車の中にジョン・ウィリアムズの立派な口髭《くちひげ》をみた。が、それを孝吉に教える意志はなかった。

過去の丸山志津は、もはや孝吉の内部《なか》に無い。

志津は、今頃、ウィリアムズ夫人が、気のきかない下婢《かひ》に手を焼きながら、夫のための夕ごしらえに台所へ立っているだろうと思った。

「今夜は、うどんが食いたいな」

肩の荷をゆり上げて、孝吉がぽつんと言った。

心中未遂

一

紺の木綿地に白く「仕出し弁当、まんや」と染めたのれんを、与平がはずした。

大気がやや湿って、よどんだような夜であった。大川のむこうに朧月《おぼろづき》が上っている。

「あなた……」

戸口まで出て来ていた女房が、

「夜更けて降るかも知れませんよ」

寒いという季節ではないのに、なんとなく袖《そで》をかき合せている。

「どっちみち、濡《ぬ》れるんだ。照ろうが降ろうが……」

身投げをするのに雨の心配でもあるまい、と言いかけて、流石《さすが》に与平は黙った。

掛け行灯《あんどん》の灯影《ほかげ》で、呆《ほう》けたような妻の横顔が哀れだった。この半年ばかりで、五つも六つも老《ふ》け、痩《や》せが目立った。与平より五つ年下の子年《ねどし》だから、この初春《はる》で五十二だ。

俺だって、還暦にはまだ三年もあるというのに、なんという気力の弱りようかと、与平は自嘲《じちょう》した。

人間、落ち目になると十日に五年ほどの年をとるものかも知れない。

「あなた、消しますよ」

これも「まんや」と墨で書いた掛け行灯の灯をつねが思い切ったように吹き消した。女の息では一度で消えず、二度、三度とゆらめきながら消えた灯が、夫婦の生命の終りを想わせて、与平もつねも心がそそけ立った。

大川をにぎやかに三味線を弾き鳴らして上って行く舟がある。向島《むこうじま》あたりへ夜桜見物にくり出したのの、戻りのようであった。

浮かれた舟の通りすぎるのを、夫婦は店の前に立って眺めていた。

「おい……」

のれんをかかえ直して与平は先に家へ入った。のろのろと女房が続いた。

土間は冷えていた。六か月余りも商売をしていない暗さは、土間の左手に続いている調理場も同様であった。事件があって以来、火を焚《た》いていないへっついと、その上の大釜《おおがま》、大鍋《おおなべ》が阿呆《あほう》のようにしんとしている。

ここは商売のための調理場で、夫婦の煮たきものをする台所は、もう一つ、狭いのが裏にあった。

居間へ上って与平が神棚へ灯明《とうみょう》をあげた。

仏壇の扉も開けた。

与平はひざまずいて、朝夕、誦《じゅ》している般若心経《はんにゃしんぎょう》の他に、菩提寺《ぼだいじ》から受けて来た経一巻を低い声であげた。つねは夫の背後で、ぼろ布のようにうずくまっていた。

それが終ると、夫婦には、なにもすることがなくなった。つくねんと向い合って、世間の寝静まるのを待つばかりであった。

表に人通りのある中《うち》は、身投げは出来ない。

残った金の全部を紙包みにした上へ、葬式料と書いたのを与平が仏壇のすみへのせた。

「大川に浮かばずに、海へ流れてしまえば、魚の餌食《えじき》になって、葬式もへちまもないのだが……どこかへ打ち上げられた時のためにな」

弁解のように老妻へ言った。

「あんまり、嫌なことを言わないで下さいよ。気味《きび》が悪くて……」

「なあに、魂の抜けがらの話だ。俺もお前も間違いなく極楽へ行かせてもらえるさ。生れてこの方、人に騙《だま》されても騙したことはなし、罪つくりな真似は何もしていない筈《はず》だ」

「それでも、気がつかない中に、なにか罪深いことをしていたんじゃないでしょうかねえ、そうでもなければ、正直一方で暮して来たあたしらが、こんなことになるなんて……」

愚痴は言い尽したつもりでも、つねはやっぱり涙を浮かべた。

「こうなってみると、子供のなかったのが、せめてもの幸せですねえ……」

泣いている女房にうなずきながら、与平は十五年前に死んだ一人息子の新平が、もし、生きていたら、石にかじりついても、なんとか生きて行く手だてを考えたのではないかと思った。

今の与平夫婦には困難を乗り越えても生きねばならない理由が、なんにもなかった。

子《ね》の刻《こく》(午前零時頃)をすぎると外もしんとなった。

火の番の声もなくなる。

「ぼつぼつかな……」

つとめて、さりげなく与平が立ち上って土間へおりた。

「あなた……」

「お待ち、ちょっと様子をみてくる……」

くぐり戸を一枚あけて、外をのぞいた与平が、奇妙な叫び声をあげた。

「こりゃ、いかん……」

そのまま走り出したので、つねもあわてて戸をくぐった。

店から、およそ五十間も先に大川へ突き出た石垣のある土手があった。そこからとび込めば、間違いなく死ねると考えていたあたりで、与平が誰かともみ合っている。

そっちへかけ出して行ったつねへ、

「おい、手を貸してくれ……身投げだ……」

肩で息を切りながらどなった。

はなして、とか、死なせて、とか、気違いのようになっている女を、夫婦で両側から抱く恰好《かっこう》で、なんとか家まで引っぱり込んだ。

土間へ突っ伏して泣いている女を眺めて、夫婦は顔を見合せた。

灯《あか》りでみると、ひどく若い。せいぜい十八、九で、痩《や》せた体つきに稚《おさな》いものが残っている。

「あんたのような若い娘が死ぬ気になるとは驚いたな……」

実感であった。

「実は、こっちもこれから身投げをするところでね。いやはや、全く驚いた……」

娘が泣きじゃくりを小さくした。与平の言葉を考えているふうである。

「まあ、おあがり……夜は長いんだ」

与平が上ると、顔をあげて娘は夫婦をみた。

深夜なのに、きちんと身じまいをしている二人と、香のにおいのする家中と、仏壇の灯明などが、娘にも異様にみえたものらしい。びっくりした顔になった。

「とにかく、あがりましょうよ。旅は道づれと言うんだし……どうしても死ぬんなら、私達といっしょだっていいじゃないの」

一足先に身投げをしかけた娘ということが、つねに親近感を持たせたらしい。そんなのんきなことを言って、娘の裾《すそ》をはたいてやっている。娘は、はにかんだように微笑をこわばらせ、おずおずと上った。

「とにかく、若い身空で無分別はいけねえ」

言いさして、与平は、又、苦笑した。他人に説教の出来た義理ではなかった。

娘は上った場所にしんとすわっているし、夫婦もなんとも手持無沙汰《てもちぶさた》であった。

「まあ、茶でもいれないか……」

与平がつねをうながし、つねが茶の仕度にかかった。その時になって、夫婦は娘のお腹がぐうぐう鳴っているのに気がついた。静かな夜だから、実によく聞える。

つねはそっと台所へ行って湯づけの用意をしてやった。あり合せの大根の煮つけをあっため直して、香の物と、それだけの飯だったが、娘は涙を浮かべ、生唾《なまつば》をのみ込んだ。

つねにすすめられて、気まり悪そうにしていたのもほんの僅《わず》かで、すぐに箸《はし》を取った。

健康な食欲であった。夫婦がみていると、あまり旨《うま》そうに食う。つい、与平も食欲が出て、俺も食おう、お前も食えということで、三人並んで湯づけを食った。

考えてみると、夫婦共、今朝からろくにものを食っていない。

一番先に食べ終えて、娘は箸をおき、

「ごちそうさまでした……」

と頭を下げた。

「もっと欲しければ、飯を炊いてあげてもいいんだよ。米なら、まだ、たんとあるのだから……」

「お米が、たんとある……」

娘が不思議そうな顔をした。

「それじゃ、やっぱり、さっき身投げをするとおっしゃったのは冗談なんですね」

「冗談じゃないさ。今夜、わたしらは夫婦心中するつもりだったんだ……」

「どうして……？　何故なんです、お米がたんとあるのに……なぜ……？」

娘の声があまり真剣なので、話す気もなく与平は答えた。

「世の中に嫌気がさしてしまってね……わたしらはもう三十年も、この場所で仕出し弁当屋をやっていてね、ごらんの通り、せまい店だが、奉公人も、四、五人はいた。それが去年の夏、うちで作った仕出し弁当で、お客にとんだ迷惑をかけてしまった……」

「迷惑……？」

「あたったんだよ。弁当の中に入れた海老《えび》で……馬鹿な話だ……その朝の仕入れに行って格安の海老があってね。弁当に入れたら、さぞ喜ばれるだろう、弁当の体裁もぐんとよくなる……そう考えたのが運の尽きさ。海老が古かったんだろう、おまけにひどく暑い日だった……その弁当を食ったお客がみんな腹痛を起してね、ひどく下す、熱は出る……幸い、死人こそ出なかったが、とんださわぎになってしまったんだよ」

肩で呼吸して、与平は食後の煙草盆をひきよせた。

「勿論《もちろん》、わたしらは出来るだけの償《つぐな》いはしましたよ。医者の払いは全部、こっちで持ったし、朝から晩まで、客の一人一人を見舞って歩いた。どの家でも、ひどくののしられてねえ、そりゃあそうだ。金を出して買った弁当で、病気にされたんじゃ、全く、ましょくに合わない。その日その日の手間賃で稼ぐ大工や左官なら、一日休めば一日の丸損だ……それがわかっているから、わたしらは、病気で寝ついた日数分だけの手間賃を、お詫《わ》びしながら払って歩きましたよ。愚痴で言うんじゃないが、世間にはひどい人もいる。すっかり元気になって働きに出られるのに、わざと具合悪そうにしていて、うちから手間賃を巻き上げていたのだと、あとから知らせてくれる人があってね。それでも苦情は言えやしない。なんといっても、こっちが悪いに違いないのだ……」

詫びと償いとで、秋が終った。

商売どころではなかった。さわぎが一段落して、病人が一人残らず床あげして、それでも、まだ、やいのやいのと言ってくる者がある。病気で寝ている間にお得意を奪《と》られたの、娘の縁談がこわれたの、看病疲れで女房が寝ついたの、など、風が吹けば桶屋《おけや》がもうかる式の因果関係で、よくもまあ、これだけの苦情が集まったと腹が立つより途方に暮れる有様だった。それらのすべてが、目的は金である。

そうわかってみると、夫婦共、詫びることが馬鹿らしくなった。黙って、相手の言い分をきき、適当に金を包んだ。金を貰《もら》うと気まり悪そうに帰って行くのが滑稽《こっけい》にすら思えた。

なにやかやで年の暮になった。

店ののれんをかけたが、仕出し弁当の注文は、ばったり、なくなっていた。

初春になっても同様であった。奉公人は一人ずつ暇をとった。残っていた者も、節分すぎに暇を出した。

働くことの虚《むな》しさが夫婦を襲った。少しでも安く、旨い弁当を作って、お客にも喜んでもらい、それで生活出来る幸せを、夫婦は見失った。子供はなかったし、頼りになる親類も、力になってくれそうな知人もなかった。

あったのかも知れないが、夫婦は自分達から背をむけた。

店と土地を抵当にして金を作り、借金を全部返した。残りで菩提寺《ぼだいじ》に自分達の墓を建てた。

「そうだったんですか……」

娘は幾度もうなずいた。

屋根に雨の音がしていた。

「とうとう、降り出しましたね……」

つねが、疲れた声で呟《つぶや》いた。

その時、表のほうで人のどなる声がした。

三人が出てみると、土手っぷちを舟宿の提灯《ちょうちん》をさげた男が走って行く。

釣り舟がひっくり返ったという話であった。

雨の大川は暗く、なにも見えない。

「こりゃあ、今夜は駄目だ……」

与平が戸じまりをした。釣り舟がひっくり返らなくとも、なんとなく三人共に死ぬ時期を、はずしてしまっていた。

つねが、奉公人の寝部屋へ布団を敷いた。

「とにかく、おやすみ、起きていたって仕様がない……」

娘は素直に手をついて挨拶《あいさつ》し、その部屋へ入った。障子を閉めて、つねが居間へ戻ってくると、与平がもろ肌を脱いでいた。

「おい、ちょっと、背中に膏薬《こうやく》をはってくれ。さっき、あの娘の身投げを止める時、無理なひねり方をしたらしい……痛くてかなわねえや……」

二

翌朝早く、夫婦は極めて平和な物音で眼をさました。まな板の上で菜を刻むような音がする。続いて味噌汁《みそしる》の匂いが流れて来た。夫婦はとび起きて台所へ出た。

娘が甲斐甲斐《かいがい》しく働いていた。夫婦をみると、にこりとして、

「お早うございます……勝手させて頂いております……」

と言う。炊きたての飯を仏壇にも神棚にも供え、台所の板敷に三人分の食膳《しょくぜん》を出している。なんということなしに、与平はいつもの朝のように神棚に合掌し、仏壇へ般若心経《はんにゃしんぎょう》を誦《じゅ》した。

「どうぞ……汁がさめますよ」

娘にうながされて、夫婦は膳へついた。飯も汁もひどく旨かった。気がついてみると、昨年の事件以来、食の細いままだったつねが、飯をおかわりし、汁は三杯飲んでいる。馬鹿に大飯を食うではないかと言うつもりで、与平も亦《また》、三杯目の飯を、娘から給仕してもらった。

朝飯が終ると、娘が改めて手を突いた。お願いがあります、と言う。

「弁当を作りたいのです……」

夫婦は苦笑した。

「いいとも……お作り……」

「一人ではとても無理なのです……百個ほど作りたいのです……」

「百個……」

流石《さすが》に仰天した。

「百個も弁当を作って、どうする気だ」

「売りに行きます……」

「弁当を売る……」

「一日だけ、私の好きにさせて下さい、一日だけ……」

娘の眼の中に、夫婦がはっとする程、思いつめたものがあった。

夫婦は再度、顔を見合せた。先に答えを出したのはつねのほうだった。

「いいじゃありませんか、どっちみち、夜がくるまでは、ひまなんですから……」

物好きな、と与平は自分自身に腹を立てながらも調理場へ入った。

「あなた、買い出しをして来て下さいよ。なにもありゃあしない……」

はずんだ声で女房が金包みを持って来た。上に葬式料と書いた奴である。与平は黙って出て行った。

帰って来た時、飯が炊けていた。女二人が経木《きょうぎ》に飯をつめていた。

とりあえず、煮しめを作った。大根と芋とこんにゃく昆布巻である。つねが卵焼を作った。

あっという間に出来上った弁当百個を荷車に積むと、娘は夫婦の前へ戻って来た。

「あたしが帰って来るまで……無分別はしないって約束して下さい。きっとですよ……」

うなずく顔をしっかり見てから、がらがらと荷車をひいて出て行った。

「どういう気なんでしょうね」

上りがまちへ腰かけて、つねが言葉と裏腹の明るい声で言った。

「弁当を売って、金を作ってどこかへ行く気だろう。それならそれで、最初から金をやったのに……」

期待するまいと与平は思った。第一、名前もきいていない相手であった。

散らかった調理場を片づけた。

（いいじゃないか、死ぬのが一日、のびただけだ……）

残った時間を夫婦は、ぼんやり過した。

少し花曇りだが、昨夜の雨が上って、あたたかい日であった。

大川は今日も花見舟がいくつも下って行く。

店の前に荷車の音が止ったのは、陽が西へむいた頃である。川風が少し、出ていた。

荷車の上に弁当は一個も残っていなかった。

「花時だから、人出も多いんですね。人の集まりそうな所をうろついていたら、いいように売れたんです……」

いいように売れたのではないことは、娘の全身が物語っていた。汗とほこりと激しい疲労が若い娘をすすけたようにしている。

だが、それとは別に娘は生き生きとしていた。エネルギーを費《つか》い果したのに、まだエネルギーのかたまりのようにみえる。

足を洗って、いそいそと上って来た。しっかり抱いて来た木綿の袋をそっとさかさにした。小銭がざらざらと落ちた。

あっけにとられている前で、娘の指が小銭を数えた。

「これだけがお米代、これだけが煮しめ代、これだけが経木代……残りがもうけです……」

嬉《うれ》しそうに、亦《また》、数えた。

「薪《まき》代なんかをのぞいても、これで、なんとか三人が食べられますね……」

全部の銭を、与平の前へ押しつけた。

「収めて下さい……」

与平はうろたえた。

「いったい……お前さんは……」

「お願いです。明日も私を働かして下さい。今日と同じに弁当百個作って……」

「どういうつもりで、そんなことを言い出すんだ……」

わからなかった。なんのつもりでこの小娘が一日中、弁当を売って働こうというのか。

娘は、必死な顔になった。今にも泣きそうな表情になっている。

「あたし……生きたいんです……死にたくないんです……働きたいんです……働いて生きたいんです……」

声を放って泣いている娘をみている中《うち》に、夫婦も、ついに泣いた。

命というものの、愛《いと》しさが、初老の夫婦をそっと包んだ。

翌日、娘は、百個の弁当を荷車へ積んで出かけた。その荷車の音が遠くなると、与平が決然と言った。

「俺も、売りに行ってみる。もう百個、作るんだ……」

百個の中の八十個を天秤棒《てんびんぼう》でかついで、与平が出ていったあと、つねは、残りの弁当を持って、大川のふちへ立った。

川を行く舟にありったけの声で呼んだ。

「弁当は如何《いかが》です……おいしい弁当がございますよ」

もはや、恥も外聞もなかった。

二日目は二百個の弁当が、あらかた売れた。

三人は手をとり合って、大声で泣いた。

娘の名は、あい、と言った。

いっしょに暮し、いっしょに働くようになっても、あいは別段、身の上話をしなかった。

どうして死ぬ気になったのか、今までどこでなにをしていたのか、いわゆる身の上話というのをまるでしなかった。

与平夫婦のほうにも、無理に訊《き》こうという気もない。第一、早朝から弁当作りをはじめて、一日、売り歩き、夜は明日の用意をしてという生活に、三人とも、よけいなことを考えたり、話したりする余裕をまるで失っていた。とにかく、忙しいのである。

向島の桜は散ったが、次には牡丹《ぼたん》の咲く寺がある。藤が咲く。野遊びにも良い季節であった。

かつぎ弁当はよく売れた。

二か月があっという間に過ぎた。

六月になって、深川の材木問屋から大口の仕出し弁当の注文があった。行楽に出かけて、たまたま、あいの売る弁当を買ったところ、大変に旨《うま》かったので、わざわざ店を訪ねての注文であった。

それが、きっかけで、少しずつだが、むかしのお得意が注文をくれるようになった。

与平は以前より更に細心の注意を払って材料の吟味をした。お菜は必ず火を通すこと、梅干を添えたり、青笹にくるんだりして、手間暇を惜しまなかった。散ってしまった奉公人も二人ばかり戻って来た。

その頃になると、あいも流石《さすが》に弁当売りには出かけず、もっぱら家の中でくりくり働くようになった。

派手ではないが、明るい性質で、いつも声が生き生きとしている。つねが、心がけて流行の友禅の袷《あわせ》や帯や長襦袢《ながじゆばん》など、若い娘の喜びそうな品々ををそろえてやったが、それらは大事にしまって、あ木綿の仕事着に赤い帯をしめた恰好《かっこう》いの若さをひき立ててみせた。それが、かえって、あいの若さをひき立ててみせた。

万屋《まんや》の周辺は隣近所という程、家が立て込んでおらず、家の裏にある竹やぶのむこうは瓦《かわら》を焼く家の広い庭が続いている。家の前は大川だし、川に沿った左手は畑があって、その先に農家が二軒かたまっている。右手は空地があって白い壁の蔵を持つ、この辺の地主の母屋があった。

与平夫婦は、これまで特に近所づき合いを親しくするほうでなかったので、突然、家族に加わったあいのことを、うるさく訊《たず》ねる者もあまりなかったが、たまたま訊ねられると、

「遠縁の娘で……」

と答えていた。奉公人たちにも同様に説明したから、あいの万屋での立場は、奉公人達より上位であった。だが、あいはむしろ、こだわりなく、自分から奉公人達といっしょになって働いたし、話題にも自然にとけ込むようにつとめた。

夏が終った時、あいは万屋に、なくてはならぬ娘になっていた。

三

昼間、明るくてほがらかで、屈託もなさそうなあいが、実はその小さな心の奥底に、もの凄《すご》いような苦しみを背負っていることに、与平夫婦が気づいたのは、その年の暮であった。

普段、健康なあいが珍しく風邪をひいて、当人は大丈夫だとがんばっているのを、つねが無理に早寝をさせた夜であった。

宵の中に、汗の出る薬湯を飲ませたので、夜半に肌着を替えさせたほうがよいのではないかと、つねが気を遣って、あいの部屋へ出かけた。

障子の外へ立って声をかけようとした時、なかから怖ろしいようなうめき声をきいた。あいの声である。最初は容態が悪いのかと思ったつねは、続いて、

「かんにんして……かんにんして……兄さん……兄さん……」

泣くような、叫ぶような、もだえるようなあいの声で茫然《ぼうぜん》と立ちすくんだ。

障子をあけてみると、あいは上半身を布団から乗り出すようにしてうめいている。うなされているのだ、とわかった。

「あい……あい……」

ゆり起すと、ぐっしょり汗まみれになって眼をあけた。怯《おび》えた眼があたりを見まわし、つねの視線とぶつかると、ほっとしたような、不安であるような曖昧《あいまい》な表情になった。

「あたし……なにか、言ったでしょうか」

自分から訊く。なんとなく、うなされていたとは答えにくいような雰囲気を感じて、つねは首をふった。

「別になんにも……汗はかいておいでだけれど……苦しいの……」

「いえ……」

あいは安心したように微笑を作った。つねの言うままに起き上って肌着を替えた。その後姿が、はっとするほど暗い。

居間へ戻って来て、つねはそのことを夫に告げた。

「熱のせいじゃないのか……」

与平はあまり気にしないふうであった。

「でも……はっきり言いましたよ。堪忍して……兄さんって……」

「夢でもみたのだろう。よくあることだ……」

「兄さんがあるんでしょうかねえ……そんな話をしたこともないけれど……」

更にふけてから、今度は与平が手水《ちょうず》に起きた。ふと、帰りにつねの言葉が思い出されてわざわざ、あいの部屋のほうを通った。

そこで、与平もはっきり耳にしたのである。

苦悶《くもん》の声と、

「かんにんして……兄さん……」

の声と。

気をつけてみると、あいがうなされるのは殆《ほとん》ど毎晩のようであった。風邪の熱であの晩だけうなされたわけではない。

自分の声で眼がさめたような時、彼女は低声《こごえ》で般若心経《はんにゃしんぎょう》をとなえているのも知った。

堪忍して、兄さん、という言葉には、どうも、それだけの意味があるようである。

あいに、訊いたものかどうかということで夫婦は長いこと、迷った。何度となく話し合った。

訊いてみて、もし、うなされている原因が根の深いものであったとしたら、あいの傷口をかえって、それ以上にひきむく結果になるのが怖ろしかった。

さわらぬ神にたたりなし、ということもあった。

「あなた、やっぱり訊いてみましょう……」

つねが決然と言った。

「あたし、今、もし、あの子が本当の娘だったら、あたしはどうするだろうかと考えてみたんですよ。娘が毎夜、毎夜、脂汗を流して苦しんでいる。親なら、黙っているわけがありません。病気で、そんな怖ろしい夢でもみるというのなら、医者に診《み》てもらうなり、加持祈禱《かじきとう》をたのむなり、方法を考えねばなりません……もし、あの子が過去になにか怖ろしい罪を犯しているのなら、なんとか、その償いをする手助けをしてやらねばなりません……親なら、我が子のためにどんなことだってしてみせる。もともと、あたし達は死ぬべき命を、あの子のおかげで助かったようなものなんです……」

「そりゃあそうだ……」

与平もうなずいた。

殆ど同時に、夫婦は、あの心中未遂の翌朝、弁当を荷車にのせて売りに出かけたあいの姿を思い浮かべた。夕方、ぼろ布のように疲れ果て、それでも眼を輝かして、夫婦の前へ稼いだ金を並べたあい、をである。

「あの子……言いましたね、あの時……生きたいって……働いて生きて行きたいって……身投げをしようとしたのは、世の中が嫌になって死のうとしたのじゃない……あの子……追いつめられて……」

「いったい……なにをして来たんだろう……あの晩……どこから来たのか……」

かなり遠くであることは間違いなかった。

「なにをしたっていいじゃありませんか。火つけだって、泥棒だって……あの子がしたことなら、あたしは喜んで罪を背負ってやりますよ……あたしには……あの子が他人のように思えない……」

ぼろぼろとつねは泣いた。

「あたし、もう、あなたと二人っきりで暮して行くのがつらいんですよ。あたし達、今までに世間様へ対して、なんにも悪いことはしないつもりでした。だけど、一つ、落度があったら、世間様はみんな、そっぽをむいたんです……あんなさびしいことはなかった……あの晩、あたし達が死んじまったら、誰もあたし達のこと、おぼえていてくれる人なんかないんです。噂になるのも七十五日……それっきりで忘れられちまう……当り前ですよ。あたし達、今まで自分のためにばかり生きて来て、誰かのために命がけになったなんてこと一度もないんですよ、おぼえていてくれっていうほうが虫がよすぎるんです……」

与平は夢中になっている女房を或《あ》る感動で眺めていた。大人《おとな》しい女であった。どっちかというと消極的で、気のきかない部類に属する女である。それが、火の玉のようになっている。

「今、死んだら、あたしなんて、なんのために生きてたんだかわかりゃあしない……あたしだって……せめて、生きてたって証拠のかけらぐらいは残したいんです……あたしはあの子が好きなんです……かわいいんです、だから、あの子の役に立ってやりたいんです……一度でいいから、世間並みの女らしく、母親らしいことがしたいんですよ……」

突然、廊下で激しい泣き声がした。

あいがそこに泣いていた。

泣きながら、にじり寄って来た。体を畳へ叩《たた》きつけるようにして、きれぎれに叫んだ。

「あたしは人殺しなんです……人殺しなんです……」

四

翌早朝、与平はつねとあいに見送られて、家を出た。脚絆草鞋《きゃはんわらじ》に笠《かさ》を持っている。

「わたしが帰るまで、決して無分別を起さないように……な」

与平が肩を叩くと、あいは涙ぐんだ眼で、かすかに微笑した。あきらめがはっきりと彼女の全身に浮かんでいる。

昨夜、夫婦にすべてを告げたあと、あいはすわり直して、こう言った。

今までは、兄は悪い男だと思っていた。村の人も、あんな悪者はいないと言い、母も妹も弟も、兄を憎んでいた。殺されても仕方のない人間だと、誰もが言う人間を、あやまって殺してしまったのだ。それで罪になるのはあんまり情けないと思った。死んでも死に切れないと思った。しかし、今、こうして、自分のしたことを残らず話している中《うち》に、やはり自分が悪いと気がついた。悪い人でも、実の兄を殺したのは罪だとわかった。死罪になっても仕方がないと納得が行った。

「だから、もう、今夜から苦しまなくてすみます……」

涙の乾いた顔を蒼白《あおじろ》くさせた。自首したいから、つきそって行ってくれと言う。

今度は夫婦のほうがあわてた。あいの実家を訪ねて、その後の様子をきき、それから、どうするかを考えようということになって、与平の朝発《あさだ》ちになったものである。

あいの家は目黒村の駒場《こまば》という所であった。

大川端からは、かなりの道のりである。

冬の陽を笠に浴びながら、与平の気は重かった。

あいの異母兄というのは、手のつけられないならず者らしかった。若いくせに大酒のみで、酒で脳をやられているような男だったようだ。

父親の死後、生《な》さぬ仲の母親を虐待して、薪《まき》でなぐったり、川へひきずり込んで半死半生にした。

あいは、その点だけは流石《さすが》に口をにごしたが、与平の推察では、どうやら、いくつも年齢の違わぬ義理の母へ、みだりがましい真似をして、母がそれを拒んだ故らしい。

母も子供達も、食うものも食わされず、畑仕事に追いまわされた。幼い弟妹が飢えて泣くと容赦なく撲《なぐ》った。鬼であった。

その日、あいが畑から戻ってくると、鬼は母の髪をつかんで納屋《なや》へひきずり込み、馬乗りになって、抵抗する母を激しく撲っていた。母の顔から血が流れ、昏倒《こんとう》するのを眼にして、あいはかっとなった。体を丸くし、全身の力で鬼の背後から突いた。鬼はよろめいて、立ち上りかけ、酔っていて定まらない足許《あしもと》がいいようにふらついた。そこを、もう一度、あいが突いた。

鬼がひっくり返り、納屋のすみには石臼《いしうす》があった。

あいが気がついたのは、弟と妹の泣き声のためであった。

「姉ちゃん……逃げろ……」

「逃げてよ……姉ちゃん……」

あいの眼に、ひっくり返っている鬼がみえた。

恐怖があいを惑乱させた。

それから、どうしたのかよくおぼえていない。納屋を出た所で、隣村にいる亡父の兄に当る伯父《おじ》にぶつかった。あいは逃げた。

気がついた時が、大川であった。

伯父にみられたのが、まずい、と与平は考え考え、歩いた。

おそらく、あいの母にしても、かくしようがなかったろう。

後の処置はどうなったのか。

村での鼻つまみが殺されたのである。まして、殺すつもりではなく、あやまってそうなっただけである。納屋のすみに石臼があったのが運が悪かったのだ。

それにしても、鬼でも、人非人でも、兄は兄である。肉親を殺した場合は罪が重い。

村人の同情は集まっているだろうが、同情だけでは、どうにもならない。

目黒へ着くまで与平は、あいを助ける方法をあれこれと考えた。三人で江戸を出て、どこか他国でそっと暮せないものか、金を費《つか》って、あいの罪を帳消しにすることは出来ないのか……役人の間には金次第でどうにでもなることがあるとは、噂できいている。念のために、かなりまとまった金も持って来た。

村の入口に地蔵尊がある。その前で遊んでいた子にきくと、あいの実家はすぐわかった。

藁屋《わらや》の小さな農家であった。

庭にむしろを敷いて、十歳くらいのと、十二、三歳のが、せっせと豆よりをしている。

入って来た与平へ怪訝《けげん》な眼をむけた。どっちの子も、どこか、あいに似ている。

足音をきいたのか、家の中から三十七、八の女が出て来た。あいの母に違いなかった。

与平は腰をかがめた。

「佐造さんはお達者ですか……」

あいの異母兄の名であった。母親は顔色を変えなかった。

「どなたさまで……」

「与平と申します。以前にちょっと、この先を通りすがりに草鞋《わらじ》を切らしましてな。佐造さんから一足、おゆずり頂いたことがございまして……それが大変、はき心地がよかったものですから、久しぶりにここを通りまして、又、二足ほど、おゆずり頂けまいかと思いましてね……」

あいから、百姓仕事の間に母と草鞋づくりをしているときいたことから思いついた嘘であった。

「左様で……」

母親は警戒をゆるめた。土間から草鞋を二足、とった。

「これでよろしゅうございますかね」

銭を払って、与平は、もう一度、佐造さんはお留守で……ときいた。母親は眼を伏せたまま、

「あれは……今年の春……卒中で亡くなりました……」

「卒中で……」

あっと思った。

「それは、お若いのに……」

そのまま、帰ろうとして、まだ不安だった。

世間も、お上《かみ》へも、卒中で通用しているのだろうか。

「あの……おあいさんという娘さんがおいででしたが……」

母親の眼の中を光が走った。

「あれは……奉公に行っております……」

まっすぐに与平をみつめた。

「奉公先は、どちらで……」

「あなた……どなたですね……？」

必死なものが母親にみえた。同時に与平は背後に或《あ》る気配を感じた。ふりむくと、

十歳ほどの少年が、手に石を握りしめて立っている。与平を見上げた眼が子供なりに思いつめていた。与平はあわてた。なんと説明したものかと思う。

庭を横切って、白髪頭の男が近づいて来た。

髪の結い方、着ているものから、医者とわかった。呼びに行った女の子が後についている。あいの妹であった。

「手前、これの兄に当る玄庵《げんあん》と申します……」

そうか、と思った。あいが逃げる時、出逢《でく》わした伯父というのが医者だといっていたが、この人かと改めて顔をみた。

「与平と申します……」

「佐造をご存じとか……」

「いえ、草鞋をおゆずり頂いただけで……卒中でお亡くなりだそうでございますね」

「左様です。酒好きが命とりとなりました。納屋で発作を起し、あっけなく死にました」

「それは、いつでございます？」

「弥生《やよい》の十日の夜でしたな」

あいの逃げた日より二日の後であった。

「あなた様がお見届けなさいましたので……」

「左様です……」

「卒中でございますな」

「医者の私が卒中と診たてました。なにか、ご不審でも……」

医者の顔が、ぐっとひきしまった。

母親は母親として、子供達は弟妹として、激しく、与平をみつめている。

どの眼にも「卒中」の事実を守り抜こうとするひたむきなものが燃えていた。

与平は、胸が熱くなった。

「ありがとうございます……」

頭を下げて、洟《はな》をすすった。

「来た甲斐《かい》がございました。娘が待っておりますので……ごめんなさいまし……」

足早に出るのを、医者が追って来た。

「もし……あなた……」

訊《き》きたいものが、医者の眼の中で躍っていた。

「あい……を……？」

与平は手をふって笑った。

「うちの娘は元気でおりましてなあ……わたしの帰るのを、さぞかし、待ちに待っておりましょう……早く、帰って喜ばせてやりたいと思いますよ……」

与平自身がわくわくしていた。

「又……草鞋を頂きに参ります……」

歩き出してから、ふと、不安になった。

お前が家をとび出してから、佐造は二日生きていて、卒中で死んだ、と話して、あいが素直にその気になれるだろうか、と思う。

信じさせてやろう、と腹の底で呟《つぶや》いた。

信じられまいと信じさせてやるのが、親のつとめというものだと思った。

よし、それを世間が罪というのなら、喜んで俺もつねも罪をかぶるだろう。無論、その覚悟があって、「卒中」だと言い切った医者の心に違いない。

地蔵尊の所で、与平はふりむいた。

道のむこうに、医者と母親と弟妹が一つのかたまりになって与平を見送っている。祈りのようなものが、その四人のかたまりから感じられて、与平はふかぶかと頭を下げた。

改めて気がついた。

あいは一度、身投げをしかけていた。そのことで、俺達夫婦の命を助けたのだ、と。

（あの子は、もう償《つぐな》いをしているのだ……）
与平の足が、もう一つ、軽くなった。

夕映え

一

婚礼まで、もう五日という頃になって、急に千佳はそわそわと落着かなくなった。若い娘のように、嫁入りへの漠然とした不安とか恥ずかしさのせいではなく、なにか心のすみに大事なものを忘れていて、それが想い出せないための苛立《いらだ》ちのようであった。

雨がいつの間にか上って、千佳のすわっている縁側に夕陽がさして来た。紫陽花《あじさい》が、今日はうす桃色に染まっている。

「又、考えごとですか……」

店から母屋へ続く廊下へ甲太郎が姿を見せて、千佳へ気づかわしげな眼を向けた。千佳より五つ年下だから、まだ二十六歳だが、嫁をもらってから姉の眼にも、すっかり男らしく、頼もしげなところがみえて来た。

「お店、お客のようだったけれど……」

ぼんやりしているのを弟にみつかったことで、千佳は少し慌て、ごま化しにどうでもいいことを言った。

「なに、冬物を持って、夏物の質草をうけ出しにね。質屋の倉を箪笥《たんす》がわりにしているのだから、始末に負えない……」

甲太郎は中庭へ下りて、まっすぐ姉の居る廊下へ歩いて来た。

「姉さん……いよいよ、あと五日だね」

子供の時に、よくそうしたように紫陽花のそばに立って、千佳をみつめた。

「今更になって、こんなことを言うのもなんだけれども……姉さん、ひょっとして、嫁入りのこと、気が進まないんじゃなかったのかい」

「気が進まない……？」

鸚鵡《おうむ》がえしにきいて、千佳は弟を眺めた。

幼い頃は病弱で、体が弱いから気も弱く、神経質で、両親を早くに亡くしてからは、ただもう、千佳に頼りきりの甲太郎であった。

寺子屋へ行っても、遊びに出ても、必ず腕白《わんぱく》に泣かされて帰って来て、少女の千佳が弟の敵討ちに心張棒《しんばりぼう》を摑《つか》んでとび出して行ったこともある。

そんな弟を、なんとか一人前にして、両親が残して行った沢田屋の跡を継がせようと、千佳にとっては血みどろの二十年間であった。

十一歳の時から、千佳は店へすわった。正直者でしっかり者の古参番頭がついてはいたが、千佳はその番頭から質草の値のつけ方、品物の鑑定、質流れの始末など、およそ質屋商売に必要なことは一から十まで、手をとって教えられた。

着物や蚊帳《かや》なんぞを持ち込んで来て、急場しのぎに一分《いちぶ》ぐらい借りて行く相手は、利は少ないが安心なお客であり、書画骨董《しょがこっとう》などで、目一杯に借りようとするのは、最初から流す魂胆があってのことだから、うまく買い叩《たた》けば、思わぬ儲《もう》けになるけれども、又、この種のものは一つ間違うと、とんだ偽物をつかまされたり、盗品だったりして大損になる危険もつきまとう。

そんなことを一つ一つ、嚙《か》んで含めるように教えてくれた老番頭は、千佳が十七の時、どう魔がさしたものか、三十も年の違う女に入れあげて、五十をすぎての恋は盲目というのか、店の金をごっそり持ち出して夜逃げをしてしまった。

親類があわてて、調べてみると、それ以前にも大きく使いこみをしていて、あとで考えるとこの時が、沢田屋の大変な危機であった。

一度は、のれんを下ろしては、という話も出たのだが、千佳は頑として承知しなかった。

結局、千佳の主張が通って、親類が交代で後見をすることになり、沢田屋の店はそのまま、商売を続けることになったのだが、この時から、文字通り、千佳には死にもの狂いの日が始まった。

どちらかというと大柄で、ぱあっと人目に立つ千佳の美貌《びぼう》で、娘質屋などという仇名《あだな》がつき、たかが小娘と面白半分に、偽物を持ち込んだ連中は、千佳の容赦のない反撃にあって、這《ほ》う這《ほ》うの態《てい》で退却した。

商売に関して、千佳は全く情をはさまなかった。質屋業には、それが当然なのに、若い女だということで、千佳は思わぬ反感を買った。

「いい女のくせに、根性は卑しい」

とか、

「外面観音《げめんかんのん》、内面夜叉《ないめんやしゃ》」

などと悪口を面とむかって吐きかける者もいた。借りる時の仏顔が、返すときの鬼の顔になるのを、千佳は泣きたいほど思い知らされた。

それでも千佳はがんばり抜いた。

よくもまあ、あんな凄《すご》いことをやってのけた、と、近頃になって千佳はしみじみ思う。

弟をかばい、店を抱えて悪戦苦闘の日々であった。若い女らしく琴三味線に通うひまもなければ、やれ、今年はおっこち絞りが流行だの、かんざしは吉野屋の細工がいいのと娘らしい話題に加わることもなかった。

自分が稽古事《けいこごと》に通わなかったかわりに、体のよわい弟には健康のために、近所へ清元の稽古へやった。そこで知り合った娘と、弟が恋をして、嫁にもらってくれないかと打ちあけられた時、千佳は、はっと自分の年齢に気がついた。三十であった。それまでに縁談がなかったわけではない。千佳はことわり通した。もし、自分が婿をとって弟にゆずるべき沢田屋の身代に万が一、欲が出たら……それが気がかりであった。

嫁には行ける状態ではなかった。店は千佳一人できりもりして来たのである。だが、甲太郎の縁談がばたばたとまとまり、若夫婦に店をまかせるようになって、千佳は突き放されたような気持になった。

前から店に出ていたから、甲太郎はまかせられたとなると、一層の責任感もあり、てきぱき商売に身を入れた。他に通い番頭もいるし、奉公人もそろっているから、別に千佳でなくてはならないことは、なにもなくなっている。

家の中の細かな雑事は甲太郎の嫁が、これも行き届いたお内儀ぶりできびきび動きまわってくれる。となると、千佳の存在は急に宙に浮いてしまった。

「姉さんには、本当に長いこと世話ばっかりかけて……おかげで沢田屋の店も、もう心配はいらないから、これからは、姉さん、自分の幸せのことだけ考えてくれていいんだよ」

この正月に、弟がさりげなく、そう言ってくれたとき、千佳は素直に喜べなかった。

もう、邪魔だから、どこかへ嫁に行ってくれ、と言われたような気がした。そうとっては、本当に小姑《こじゅうと》鬼千匹の仲間になってしまうのだと、必死で反省しながら、それでも、その晩は一人でひっそりと泣いた。いっそ、なにか病気にでもなって、うまいこと死ねたら、どんなにいいかと思ったのもその頃である。

二月に、甲太郎の嫁の実家が縁談を持って来た。

相手は日本橋の綿問屋の一人息子で、彦兵衛といい、名前は爺《じじ》むさいが、年齢は千佳より二歳年下の二十九であった。

弟の嫁の実家が話を持って来たということで、千佳は嫌な気分になったが、実をいうとこの縁談は二度目であった。

三年ほど前に、人を介して千佳を嫁にと話があったのだが、その時、甲太郎は二十三歳になったばかりだったし、とても嫁に行く気になぞなれず、きっぱりことわってしまった。

ことわったあとで、たまたま講中で向島へ花見に行くことがあり、つき合いでよんどころなく千佳が出かけると、その中に彦兵衛がいて、むこうから話しかけて来た。

今まで町内も違うし、千佳のほうはまるで相手を知らなかったのだが、むこうは以前から千佳を意識して、嫁をもらうなら、あの人と勝手にきめていたというのである。

花見酒の一杯で、可笑《おか》しいほどまっ赤になりながら、彦兵衛は千佳に、縁談をことわった理由は、弟さんのことだけだろうかと、くどいほど念を押した。その時の千佳は、二人っきりで話し込んでいるのを、他人の眼にはなんと見えるかと、そればかりが気になって、弟が理由の外は、なんにもないと答えて早々に、席を立ってしまった。

その後、彦兵衛は妻帯せず、甲太郎が嫁を迎えて沢田屋の跡を継いだのをみて、もう一度、縁談を再燃させて来たものであった。

「どうだろう、姉さん、俺が逢《あ》っての感じは人柄もいいし、商売熱心で、なかなかたのもしそうな人だったが……」

弟が早速、嫁と二人で彦兵衛に逢って来ての印象を話し出した時、千佳の心はきまっていた。

「まあ、心配なのは、あちらさんはまだ両親が若くて、しっかりしてなさるから、姉さんが、なにかと気を遣うかも知れないが……」

弟の不安を、嫁が途中からさえぎった。

「実家の話ですと、御両親はお二人とも、今時、珍しく物わかりのいい、やさしいお人たちですって……」

それだけで沢山だと千佳は思った。ふだんは、なににせよ、

「お義姉《ねえ》さま……お義姉さま」

と親しげにふるまっている嫁が、やっぱり自分を煙たく思っているのだと、はっきりわかったような気がした。

千佳は縁談をすすめてくれるように、弟へ答え、話はとんとん拍子に進んだ。

「あたしが気が進まないなんて……」

笑って千佳は弟をみた。

「どうして、そんなつまらないことを言い出したのよ」

「姉さんと、子供の時にこの花のことで喧嘩《けんか》したっけな」

甲太郎は別のことを言った。

「俺が青い色をしていると言ったら、姉さんはうす桃色だと言った……朝起きて、花の咲いたのをみに行ったら、うすむらさきだったっけな……」

「甲ちゃん……」

そんなことがあったのだろうか、と、千佳は紫陽花《あじさい》をみつめた。あったような気もするが、千佳の記憶は弟ほど鮮明ではなかった。

「姉さんと俺とは、二人っきりの姉弟《きょうだい》なんだよ。俺には気がねしなくたっていいん

だ。この家は姉さんの家なんだから……嫁に行くのが嫌だったら、いつまでだって
ここにいてかまわないんだから……」
どもりがちに甲太郎が言うのをきいて、ああ、それが言いたかったのかと千佳は
胸が熱くなった。
「馬鹿ね。甲ちゃん、姉さんが嫌な人の所へ嫁に行ける女かどうか、考えてもごら
んなさいよ」
涙が出そうになったので、千佳は逆にはしゃいだ声を出した。
「そりゃあそうだが……」
「つまらない心配をしないでちょうだい。あんただって言ったじゃないの。今度の
縁談はとってもいいって……」
三十すぎた女が、嫁に行くとなれば、相手はまず子持ちの所へ後妻に、というの
が常識である。一応の財産もあって初婚で、人柄も申し分ない相手と縁談がまとま
ったというので、
「へえ、流石《さすが》に腐っても鯛《たい》だ。なんていったって、年は行っても、あれだけの器量
だからな……」
と無遠慮な声もきこえてくる。
「本当に……姉さん、かまわないんだね」

甲太郎に念を押され、千佳は自分でもあきれるほど、さばさばとのろけた。

「当り前よ。姉さんだってはじめて嫁に行くのだもの、好きな人でなけりゃ、とてもね」

ちょうど、嫁のくみが甲太郎を呼びに来たのをしおに、話を打切った。夕方から寄合があって出かけるという甲太郎が、仕度のために奥へ入ると、千佳は店へ出た。

通いの番頭を帰し、小僧は甲太郎の供につけてやり、手代は湯屋へやった。

暮れ六ッすぎは大戸を下ろし、くぐり戸だけを客のためにあけておく。

帳場にすわって、千佳はぼんやり帳面を眺めていた。ここへすわるのも、もう五日と、又しても、それを思う。

彦兵衛が嫌いなわけではなかった。男前も悪くない大店の若主人である。

くぐりがあいた音で、千佳は顔をあげた。

若い男が土間に立って、すかしてみるように千佳をみている。

「どなたです……」

しっかりした調子で千佳は浴びせた。こんな時刻にとび込んでくる客にろくなことはない。

「変わんねえな。お千佳ちゃん……わからねえか……清吉だよ」

「清さん……」

行灯《あんどん》の光で、男の顔をまじまじとみた。幼ない顔が残っていると気がつく前に、清吉の名に、くっきりした記憶があった。

柳橋の船宿の息子だった男である。

まだ、千佳にも両親が生きていた時分、釣りの好きな父親がひいきにした船宿で「嘉七」といい、そこの総領息子が清吉であった。年はたしか千佳と同じで、父親について行くたびに顔見知りになり、いい遊び友達になった。

「いつ、こっちへ帰って来たんです……」

ちょうど千佳が両親をなくす少し前頃に、父親が卒中で倒れ、それから商売がいけなくなって、夜逃げ同様、江戸からいなくなってしまった。

「かれこれ、二十二、三年ぶりさ。江戸もすっかり変わったね」

上りかまちへ腰を下ろした。素袷《すあわせ》の着流しに、懐ろ手をして、そんな恰好《かっこう》が粋《いき》でもあり、くずれた感じでもあった。

「両親を見送ってからずっと、あっちこっちを流れ歩いてたんだが、やっぱり江戸の風が恋しくなってね、昨年の秋に舞い戻って来たんだ。すまないが、こいつで二分ばかり、都合してくれないか」

話のついでのように懐中から、器用に平うちのかんざしをとり出した。

「これを、質入れするんですか」

あっけにとられて、千佳は男の顔とかんざしをみくらべた。てっきり、江戸へ帰って来て、なつかしさから訪ねて来たものと早合点していたのだ。

「ちっと、小づかいにつまってね、なじみの女にそう言ったら、これで間に合わしとけって貸してくれたんだ……そういう品物だから決して流しゃあしない。早けりゃ明日、おそけりゃ明後日、とり返しにくるよ。たのまあ……昔なじみだ、お千佳ちゃん……」

黙って千佳は銭箱から一分銀を二つ、清吉の前へおいた。

「すまねえ、恩に着るぜ」

中洲《なかす》の船宿「小町」という店の船頭をしているのだと、清吉は早口に言った。

「いろいろ、話してえこともあるんだが、今日はちっと急ぐんだ。すぐに来るぜ」

金を摑《つか》むと、人なつっこい眼が、にっと笑って、それっきりくぐり戸を体で押して出て行った。

二

なんてことをしちまったんだろう、と千佳は途方に暮れた。

ろくでもないかんざし一本で二分も貸してしまうなんぞ、まるで昨日今日に質屋をはじめたような愚かさ加減である。幼馴染ということで貸したとすれば、これも、今までの千佳の信条にそむいた行為であった。

二分の金を、千佳は自分の財布から銭箱へ戻し、かんざしは質札をつけずに自分の鏡台へ紙にくるんでしまった。弟にも番頭にも、みっともなくて話せたものではなかった。

翌日、千佳はなんとなく店にうろうろしていた。早ければ明日、おそくも明後日には質出しに来るといった清吉の言葉をあてにしてである。

だが、清吉は夜になっても来なかった。それでも千佳は清吉が昨日のように体でくぐりを押しあけて入ってくるのを予期して、夜更けまで店に居た。

「どうしたの、姉さん、こんな遅くまで……」

甲太郎にあやしまれて、やむなく自分の部屋へ引き取ったものの、いいように眠れなかった。大戸もくぐりもしまってしまった店のまわりを清吉が歩きまわっているような気がしてならない。

寝間も、その次の間も婚礼仕度がもう運び込むばかりになって飾られていた。

もう年齢だから、あんまり仰々しい嫁入り仕度をするより、必要なものを小ぢんまりまとめて、などと考えていた千佳へ、仲人《なこうど》を通じて、彦兵衛の母親から、

「うちのほうは一人息子なのだから、仕度はなるべく派手にしてもらいたい」

と意向を伝えて来て、

「そりゃあそうだよ。姉さんだって初婚じゃないか、変にけちな真似をされると、俺の顔にもかかわるんだよ」

鏡台も箪笥《たんす》も古いものは一切、持って行かないようにと甲太郎が言う。

「質流れを持って来たように思われたら、業腹《ごうはら》じゃないか」

その箪笥に入れる着物も、弟と嫁がみたてたといって、千佳が気恥ずかしくてとても袖《そで》が通せないような派手なものを続々と新調した。

おそらく、嫁の実家から、先方の意思を汲《く》んで、そうするようにとの指図が来ているのだろうと、千佳はあきらめて、ただ黙って仕度をまかせていた。着る時があろうとなかろうと、ただ見栄と世間体のために、好みにも合わない着物や帯が箪笥に一杯になって行くのは、千佳の性格からしたら、到底《とうてい》、がまんのならないことだったが、それすら、反抗する気力がなかった。

翌日も朝から暮れ六ッまで店に居た。

おそい夜の食事がすむと、千佳は外出仕度をした。

柳橋の船宿「小町」で働いているといった清吉の言葉が、千佳の脳裡《のうり》にこびりついている。

ちょっと用事を想い出したから、と嫁にだけ告げて、千佳は例のかんざしを抱いて供も連れずに夜の町へ忍び出た。

柳橋までの道は、まだ人通りがある。子供を連れて湯屋へ出かける近所のかみさんや、おそくに仕事から帰ってくる職人なぞに挨拶《あいさつ》されるのがこの夜の千佳は、殊更《ことさら》、わずらわしかった。挨拶には必ず、明後日にひかえた婚礼への祝辞がつきまとう。

町内を出て、千佳はほっとした。

船宿「小町」は大川端のちょっと寂しい所にあった。おそるおそる訪ねてみると、

「清さんかい、あいつなら素寒貧《すかんぴん》にならねえと帰って来ねえからなあ」

「あの、どちらへお出かけなんでしょう」

「どちらってほどのどちらじゃねえ、備州《びしゅう》様の下屋敷にね」

ぽんと壺《つぼ》を伏せる手つきが鮮やかだった。

どやどやと夜釣りの客が来て、千佳はとりつく島がなく大川端に立っていた。

清吉が賭場《とば》へ行っているとは意外であった。

千佳が知っている清吉は、裕福な船宿の威勢のいい小さな若旦那《わかだんな》であった。

「小町」の店から夜釣りの客をのせた舟が出て行った。まだ若いお内儀《かみ》さんが客を舟へ送って、お愛想に舟のへさきをぐっと押す。

「いってらっしゃいまし」

華やかな声であった。

千佳は抱いて来たかんざしを紙包みの上から眺めた。あのお内儀さんのものだろうかと思い、すぐに否定した。こんな安物は場末の芸者や安女郎の持物のようであった。

千佳が踵《きびす》をかえそうとしたのと、堤の道を酔った足どりが下りてくるのが一緒であった。

「清さん……」

清吉は悪戯《いたずら》をみつかった子供のような表情になった。

「なにしに来たんだ。お千佳ちゃん……」

「なにしにって……このかんざし……」

苦っぽく清吉が笑った。

「冗談じゃねえ。そんなもの持って来られたって、こちとら、おけらだ……」

「あたし……」

どうやって自分の意志を伝えようかと、千佳は困った。

「あんたが、これを今日中に返さないとまずいんじゃないかと思って……」

「俺が、こいつを返す……？」

「どなたかから、借りて来たって言ったでしょう」

「するってえと、わざわざ、これを届けて来てくれたってことかい」

清吉は千佳をみつめ、間をおいて少し乾いた声で言った。

「お千佳ちゃん、舟へ乗らねえか」

「舟……」

「話もしてえし……お前さんが客になってくれりゃあ、船宿にも気がねはねえから よ」

何故、こんなにも唯々《いい》諾々《だくだく》と清吉の言いなりになるのか、自分でもわからない中《うち》に千佳はうなずいていた。

「おかみさん……お客さんでさあ」

先に障子をあけた清吉が大きな声で奥へ呼んだ。

「まあ、清さん、困るじゃないの……」

出て来た若いお内儀《かみ》が苦情を言いかけて、続いて入って来た千佳をみて、途中で止めた。

「いらっしゃいまし……」

「向島まで、お行きなさるそうで……あっしがお送り申しやす……」

てきぱきと清吉は仕度をした。千佳には一言も口をきかせない。

舟の仕度が出来る間、千佳はうつむいて待っていた。

「へい、お待ち遠さんで……」

うながされて舟板を踏んだ。屋根舟である。

「川風がちっとまだつめてえようですから、障子《みな》はしめておきやすぜ」

清吉が一人で動きまわり、やがてぐっと水馴れ竿《ざお》をさした。

「お気をつけて……」

お内儀の声を後に、すぐ舟は流れに乗った。

暫《しばら》くは櫓《ろ》の音だけしか聞えない。

「清さん……」

心細くなって千佳は呼んだ。

「そこに酒の仕度が出来てるだろう。一杯やっててくんな。もうじき、いいあたりにつけるから……」

成程《なるほど》、行灯《あんどん》のかげに徳利が三本、猪口《ちょこ》を添えておいてある。飲《い》けない口ではなかったが、流石《さすが》に手酌《こ》もする気にならず、そのままで千佳は待った。

小半刻も漕いで、清吉は舟を岸につけた。岸といっても大きく樹木が川へせり出している崖下《がけした》で、町からも道からも遠そうであった。

「へい、お待ちどォ……」

そんな言い方で、清吉は屋根舟の中へ入って来た。

「なんだ、先にやってってくれりゃあよかったのに……」

徳利を茶碗《ちゃわん》に注いで、別に猪口を千佳に持たせて酌をしてくれた。目をつぶってきゅうっと一息である。続けて、もう一杯。

そんな清吉をみて、ふっと千佳は不憫《ふびん》な気がした。まともに店が行っていれば、船宿の若旦那でおさまっていた人である。いくら時世時節《ときよじせつ》とはいいながら、船頭にまで落ちぶれて、それも、むかし、自分の家のあった大川端で働いている。さぞかし、つらいだろうと千佳は胸が痛んだ。

「どうしたい。飲《い》けるんだろ」

清吉にうながされて、千佳も飲んだ。

「むかし、こうやって、あんたを舟に乗せて泣かしちまったことがあったっけな」

ぽつんと清吉が呟《つぶや》いた。

「泣かされた……？」

「なんだ、おぼえていねえのかい」

みんな忘れちまったんだな、と、がっかりしたような調子に、千佳は詫《わ》びた。

「ごめんなさい。あたし、あんまり、いろんなことがあったもんだから……」

「大変だったんだってねえ。俺たちが江戸を出てすぐだって、お父っつぁん亡くなったの」

「ええ……次の年の冬……お父っつぁんの四十九日におっ母さんが逝《い》っちまったんです」

「そりゃあ、えらいさわぎだったろう」

「でも、あの時は、まだ番頭さんがいましたから……」

「そうだってね、あんな正直者の石頭が女に狂っちまったとは、夢のようだ……」

「そんなことまで、誰にきいたの」

「そりゃあ、むかしなじみの店のことだ。江戸へ帰って来て、あっちこっちでね」

照れたように飲んだ。

「弟さん昨年、嫁をもらったそうだね」

千佳は気がついて、新しい徳利で茶碗へ酌をしてやった。それも半分は一息である。

「年中、めそめそして、ちっちゃな子だったが……かみさんをもらったってんだから、おたがい、年はとった筈《はず》だ……」

ついでのようにつけ足した。

「お千佳ちゃんも嫁に行くんだってな」

不意打ちをくったように、千佳はまっ赤になった。

「かくさなくたっていいじゃねえか。どうせ、みんな知ってることだ。むこうさんはお千佳ちゃんに惚《ほ》れて、三年越しにねばったって話じゃねえか」

そんなに惚れられて女冥利《おんなみようり》だぜ、と低く笑う。なんと返事のしようもなくて、千佳は黙っていた。清吉は黙々と飲む。

「あたしも三十一だから……」

とってつけたように千佳は口をひらいた。

「三十一か……」

正面からみつめた。

「そんなにはみえねえぜ。俺、逢《あ》った時に、すぐわかった……子供の時とちっとも変わってやしねえんだ……」

「そんなことないわ、こんなお婆さんになっちまって……」

頬を押え、千佳ははにかんだ。酔いが頬にまわって来ている。

「お前さんが婆さんなら、俺は爺《じい》さんさ、へん、いい年をしやがって、しがねえ船頭暮しか」

くるりと体をまわして、千佳の膝《ひざ》へ頭をのせて横になった。男から膝枕などということをはじめてされて、千佳はあっけにとられた。

「柔らけえなあ。お千佳ちゃんの膝は……」

男の手が着物の上から触れて来たが、千佳は身を固くしたまま、じっとしていた。

「おどろいたろう……俺がこんなに変わっちまって……」

「小父《おじ》さんや小母《おば》さん、どうなすったの……」

「二人とも、とっくに墓の下さ」

「今まで、なにして暮してたんです？」

「いろんなことさ。土掘り人足もやった、木更津《きさらづ》で舟の荷揚げもやった……そのほか、いろんなことさ……」

眼を閉じて喋《しゃべ》っている清吉の頰に暮しの翳《かげ》があった。子供の頃はふっくらして愛敬のあった頰が、肉を落してとがっている。

「苦労したのね」

不意に涙が出て、それが手で押える間もなく、こぼれて清吉の顔に落ちた。

あわてて、長襦袢《ながじゅばん》の袖口《そでぐち》で男の顔を拭《ふ》いた。

「ごめんなさい……あたしったら……」

むっくりと清吉が起き上ったので、千佳は狼狽《ろうばい》して詫《わ》びた。

「あたし……生れた土地で、あんたが船頭してて……さぞかし、口惜しくって、つらくって……情けないだろうと思ったら、つい……」

「お千佳ちゃん……」

男の手がぐいと千佳を抱いた。あっという間にぴったり頰が合わさった。強い力でぐいぐい締めつけるように抱き込まれて、千佳は、ふと、子供の時にこんな抱かれ方を清吉にされたことがあったと思った。

舟の上である。

どうしてそうなったのかよくおぼえていない。船宿の息子だから、色恋にはおませで、大人達のするのをみていて、千佳を抱いたのかも知れなかった。子供の時と違うのは、触れ合った頰が髯《ひげ》の剃《そ》りあとの、じゃりじゃりした感触であることと、清吉の手が内懐ろを探って来たことであった。体の力を抜いて、千佳は清吉にされるままになっていた。男の手が激しく動き、千佳の呼吸が苦しくなっていた。熟し切っている体がいいように火をつけられて、やがて、それはどうにもならない高まりにひきずり込まれて行く。

「千佳ちゃん……」

清吉の声がおびえていた。

千佳はうっとりと眼をあき、清吉の顔があまり間近であったため、あわてて眼を閉じた。

「お前……はじめてだったのか……」

苦しげに清吉はくり返し、千佳は漸《ようや》くその意味を悟って全身で赤くなった。

ぎこちなく起き上って、身じまいを直しながら、そっと言った。

「だって、あたし、明後日が嫁入りだもの」

「あさって……」

ぎょっとしたような清吉の反応であった。

「だったら、お千佳ちゃん、なぜ……」

何故、抵抗しなかったのかと清吉は言いたいらしかった。

「いいんです。あたし……」

「いいって……馬鹿だな。お前、俺みてえな奴に……」

「いいのよ。あたし、後悔なんかしてないんだから……」

「後悔……」

わからないというように清吉は手酌で飲んだ。

「これでいいのよ。あたし、これできまりがついたんです。もう、嫁入りはやめます」

「やめる……」

上ずった声で清吉が言った。

「俺は駄目だぜ。こんなろくでなしの男といっしょになったって、お千佳ちゃん、苦労するだけだ……俺だって困っちまあな」

語尾を無理に笑ったのが虚《むな》しい響きを残した。

「そう言うと思ってたわ……いいんです。あたし、あんたにおかみさんがあるかどうかもきいてなかったんだもの……」

これっきりでいい、と千佳は言った。自分でもいじらしいほど燃えている眼で男をみつめた。

「おねがい、もう一度だけ強く抱いて……」

男の体を熱い火のかたまりが突き抜いたようであった。清吉は投げかけて来た千佳をしっかり抱きとめた。それは、もう子供の時を想い出すような甘ったれた抱き方ではなく、男と女がむき出しになった凄《すさ》まじいものであった。

千佳の店のある浅草橋に一番近い船よせに清吉は舟を着けた。

身じまいを直し、髪を気にしながら、千佳は思い切って舟を出た。清吉の手を借りて岸へとんだ。

「お千佳ちゃん……」

千佳の足が土をふんだ時、清吉はおさえた声で言った。

「その気があったら、明日の夜、四ッ（午後十時頃）すぎにここへ来てくれ。二人で江戸を出よう」

三

店では弟がまっ青になって迎えた。

「どこ行ってたんだ。姉さん、随分、心配したんだよ」

心当りへは人をやったり、甲太郎自身も何度か近所を歩きまわったらしい。

「甲ちゃん、お願いがあるのよ」

千佳は、嫁の手前もかまわず、弟の手を摑《つか》んで自分の部屋へ引っぱり込んだ。

「姉さん……」

「大多屋さんとの縁談、ことわってちょうだい……」

「なんだって……」

大多屋というのは彦兵衛の店の屋号であった。

「あたし、どうしても嫁に行きたい人が出来たの」

「姉さん、いったい……」

口もきけないような弟に、千佳は手短かに清吉と逢ったことを告げた。

「冗談じゃないよ。姉さん、そんな船頭風情《ふぜい》に落ちぶれた奴と……この先、どうする気なんだ」

話をきいて、甲太郎はいきり立った。

「決して、あんたにも、この店にも迷惑はかけないわ。大多屋さんのことだけはすまないけれど……あたしに悪い病気が出たとか、なんとでも嘘はつけるじゃないの。おねがい、これだけはあたしの思う通りにさせて……」

「そんな馬鹿な……」

しどろもどろになりながら、甲太郎は必死で姉を説得にかかろうとした。将来の生活のためにも、清吉と彦兵衛では月とすっぽんだし、姉の幸せのためにも釣鐘に提灯《ちょうちん》だと言った。

「それも、長いことつき合ったのならまだしも、一昨日逢っての今日じゃないか」

軽はずみだと声を荒らげた。

「あの人のことは子供の時からわかっているのよ、なにも心配はいらないわ、あたし、これでよかったのよ、これで漸《ようや》く、落ちついたのよ」

浮き浮きしているような姉の顔を、甲太郎は苦り切って眺めた。着くずれのした姿といい、髪の乱れ方からしても、およそ、姉が今までなにをして来たのか見当はつく。それだけに、肉親としては情けなくもあり、腹立たしかった。

翌朝、甲太郎は寝不足の眼で嫁の実家へ相談に行き、その足で柳橋へも行って来たらしい。帰って来たのは午後になってである。

部屋へ入るなり、清吉について調べて来たことを洗いざらい喋《しゃべ》った。

「あいつのことは誰一人、よく言う奴はいなかった。ばくちはうつし、酒は飲む、女ぐせだって悪い……おまけにゆすりの常習だって話だぜ」

江戸へ舞い戻って来てから、すでに船宿を四軒もかわっている。原因はすべて、彼のゆすりの故だった。

屋根舟はしばしば恋人同士の媾曳《あいびき》の場所になる。許されない恋や、時には不倫の恋などが屋根舟の常連になりやすかった。こういう場合、船頭は適当な場所に舟をつけ、心づけをもらって一刻《いっとき》(約二時間)なり、半刻《はんとき》なり姿を消すのが定法《じょうほう》で、いわば知って知らぬ顔がこの世界のきまりであった。清吉は、そうした恋人達に目をつけて、いわゆる心づけ以外の金をおどし取った。それも一度や二度ではなく、相手によっては、しつっこく店まで押しかけて行く。弱味を握られているから、相手はどうしようもなく、言いなりにその都度、まとまったものをせびりとられてしまうことになる。が、そんな噂が立てば、忽《たちま》ちお客が敬遠するから一つ船宿に長続きがせず、転々と働き口を替え、時には名前まで替えて住みかえをするという。

「それだって、もう大川中に知れているくらいだから、もう、どこだってやとってくれるところなんぞありゃあしない。今の店だって早晩に出て行ってくれといっているそうですよ」

甲太郎がなにを言っても千佳はこたえなかった。むしろ、悪い話をきくたびに、表情は明るくなった。

「姉さんは男を知らないから、いいように騙《だま》されてのぼせ上っちまったのかも知れないがごらんの通りだ。とても、あいつは姉さんを幸せになんか出来やしない……」

断を下すように甲太郎が言った時、千佳は明るく声をたてて笑った。

「姉さん……」

「大丈夫よ、あたし、きっと幸せになれるわ。なにがってわかってるのよ。清さんなら、あたし、なんにも気がねなんかしない。年齢のことも、嫁《い》きおくれのことも……なに一つ自分をひけめに思うことなんかありゃあしないよ」

一人息子を甘やかして、その息子の言いなりに嫁はきめたものの、なにも、あんな年かさの女を、と内心面白くないような義理の親たちに気苦労することもない。

第一、自分がゆすりたかりの前科のあるような船頭風情の女房になったときいたら、甲太郎の嫁の実家が、どんな顔をするだろうかと少なからず痛快だった。二言目には、

「甲太郎さんはいいがあのお姉さんがいるのでは……」

嫁にやった娘がさぞ気苦労だろうと、近所へ愚痴って歩いている連中である。

嫁や嫁の実家への面当てだけでも、清吉の許へ嫁《い》くねうちがあるような気さえする。

いくら話し合っても、姉弟の間で結論は出なかった。

千佳は頑として主張を変えないし、弱り切った甲太郎は夕方から、又、そそくさと出かけて行った。

なんにしても婚礼は明日なのである。

居間にこもって、千佳は弟へ置き手紙を書いた。いろいろ迷惑をかけるが、自分はもう沢田屋とは縁を切って出て行くのだから、探さないでくれということと、嫁入りの時、もらって行く約束の五十両だけは持って行くから、その他の嫁入り道具一切は売り払ってくれるようにとも書いた。

封をして、ふと、まだ夕方の明るさの残っている庭をみた。

紫陽花《あじさい》に赤々と夕陽が映っている。

庭下駄をはいて下りてみると、西の空が見事な夕映えであった。

雲と空が茜《あかね》色の中に一つに溶けて、周囲はほんのりと紫にたそがれて来ている。

一日輝き続けた太陽が最後の力をふりしぼってみせる美しさであり、力強さのようなものが茜色の中にみなぎっていた。

「あたしにとっても、夕映えなのかも知れない……」

と千佳は想った。

両親を失い、番頭を失って、ただ店のため、弟が一人前になるために、千佳の青春は燃焼されて行った。気丈でしっかり者の姉ということで、沢田屋を支え、弟を支えているのが、千佳の生甲斐《いきがい》であった。

それを失った時、千佳の心の太陽は沈んだ。

清吉にめぐり合って、千佳は一度、沈んだ太陽が必死になって残りの輝きをとり戻そうとするような、或《あ》る力を発見した。

「あの人の力になってみせる……あの人に、あたしが役に立つかも知れない……」

千佳の眼に、もう長いこと忘れていたいきいきしたものが甦《よみがえ》っていた。

どんなにつらいことであっても、心になんの輝きも持たず、大多屋へ嫁入りするよりは余っ程、ましだと思った。

夕映えの中で、千佳は頬を染め、やがて訪れる夜を待った。

江戸は夏

一

深川の貸席、「清月」の板場は一段落したところであった。

料理があらかた出尽してしまうと、あとはちょいとした注文と、酒の燗《かん》だけである。

更《ふ》けるというには、まだ早い時刻で、初夏の月が中央にあった。

「お若さん、もう、よござんすよ。間もなくおかみさんになる人が、そうなにもかも先に立ってなすっちゃあ、俺達が若旦那《わかだんな》に叱られますさあ」

板前の長吉が、女中達にまじって働いているお若に声をかけた。

十三の時から、「清月」の下働きに通って来ていて、板前や女中達から、

「お若ちゃん」

と呼ばれていたのが、この春、若旦那の万太郎と正式に縁談がまとまって、秋には「清月」の親類筋に当る日本橋の綿問屋、杉屋吉右衛門を仮親にして、祝言という運びになっている。

万太郎が、お若に惚《ほ》れて、二年越しに両親をくどき落してのことであった。

で、この頃は、板前や女中達も、お若ちゃんを、少々、ぎこちなくお若さん、と呼んでいる。もっとも、お若のほうは、そういう話になっても、以前と全く変りなく、一日中、板場でくりくり働いている。

ただ、以前は、決して幸せに育った娘でないのに、いつも明るく、元気がよかったのが、近頃は時々、ふっともの思いにふけっていたり考え込んだりしていることがある。

「無理もないぜ。他人には玉の輿《こし》にもみえようが、これだけの店の嫁になるんだ。人にも言えねえ苦労もあろう。思案に暮れることもあろうさ」

板前や古参の女中達は、お若に同情的であった。若旦那の嫁になることを出世だと喜ぶ反面、そんな心配もしてくれている。

「清月」の主人、万兵衛も、そのつれあいのおとみも、悪い人間ではなかったが、下働きの女中を息子の嫁にすることには、かなりの抵抗があって、お若の人柄をわかっていて、いい娘だとは思うものの、やはり、世間への見栄や体裁が先に立って、なかなか、この縁談には首を縦にふらなかった。

結局、かわいい一人息子に押し切られた形にはなったものの、腹の底に、もう一つ吹っ切れないものが残っているのを、奉公人達は、なんとなく感づいている。

それで、若旦那の嫁さんになるのは結構な話だが、嫁入りしてから苦労が絶えないのではないかと、妬《ねた》みではなく、つい、三人よれば、ひそひそ話が出るのだ。

「お若、お若……」

帳場のむこうで、万太郎の声がした。

お若は、どきりとしたように顔をあげ、固くなった。

「若旦那がお呼びですよ。早く、行っておあげなさい」

長吉が、お若が立ちいいように世話を焼いた。赤くなって、そっと会釈《えしやく》をして出て行くのを、みんなが見送っている。

万太郎は廊下に立っていた。近づいて来たお若に倉の二階へ行って朱塗りの手文庫を取って来るようにと言う。

両親を説得してから、もうお若を女房にしたような気持になっているらしい。意識的にお若の体に触れたり、露骨な視線をむけたりする。

倉は、裏庭のすみにあった。

普段、使わない道具類が階下に入っていて、屋根裏部屋は、むかし奉公人が多かった時分に、寝部屋に使っていたから畳が敷いてある。この頃は通いの奉公人が多くて、ここに泊るものはなく、用簞笥《ようだんす》や長持《ながもち》、屏風《びょうぶ》などの置き場になっていた。

小さな天窓はあるが、倉のことで月の光もほとんど射さない。

手燭《てしょく》を片手に倉へ入った。梯子段《はしごだん》を上って、二階においてある行灯《あんどん》の灯をつけた。

ぐるりと部屋を見廻したが、朱塗りの手文庫など、どこにもない。階下で倉の戸が閉る音がした。はっとして梯子段の上からのぞいた。暗い中を万太郎が上ってくる。

「ごめんよ、手文庫じゃなくて、箪笥の中だった……」

一番下のひきだしを開けてみてくれと言う。

お若は言われる通り、重いひきだしをひいた。万太郎に指図されるままに油紙にくるんだのをとり出して行灯の傍へ持って行った。

「開けてごらん」

油紙を取って、お若は息を呑《の》んだ。極彩色の絵であった。男女がからみ合っている春画であった。

「はじめてかい。こんなもの見るのは……」

眼を逸《そ》らして、蒼《あお》ざめているお若の肩を抱いて、万太郎は次の画をお若の前に突きつけるようにした。一枚目より、もっとあからさまな男女の体位に、お若は吐き気をおぼえた。

逃れようとするのを、万太郎がおさえつけた。いきなり、唇がかぶさって、お若は避けようがなかった。万太郎の右手が衿《えり》を割って胸にすべり込んで来る。女を扱い馴《な》れた動作であった。

「やめて……」

漸《ようや》く声が出た。体は万太郎におさえられたままである。

「お若……」

万太郎がお若の耳にささやいた。

「いけません……そんな……」

かまわず、男の体がかぶさって来た。そんな場合なのに、お若は髪をこわすまいとしていた。万太郎の呼吸が荒くなった。もはや、無言であった。お若も声が出ない。

倉の戸が乱暴にあいた。

万太郎の動きが、それで止った。続いて、声が倉の内へ呼んだ。

「お若ちゃん……お若ちゃんいるか」

お若は万太郎の手を払いのけて叫んだ。

「います……あたし……」

「すまないが、ちょっと下りて来てくれないか。あんたの家から人が来てるんだ」

万太郎が茫然《ぼうぜん》としている中に、お若は身仕舞を直しながら梯子段を夢中で下りた。

虎口《ここう》を逃れたという感じであった。

宗吉は、倉の外に立っていた。

主人万兵衛の甥《おい》に当る男だが、子供の時に両親を失って、この家へ引取られ、奉公人同様に働いている。

髪の乱れを気にしながら出て来たお若に、宗吉は視線を逸らしたまま、告げた。

「お君さんが、裏口に来てるんだ……」

「すみません……」

蒼ざめていた顔に血が上った。恐怖が去って、恥ずかしさがお若を占めた。

小走りに去るお若を、宗吉はどこか苦しげな眼で見送っていた。

裏口の暗がりに、お君は落着かないふうで立っていた。お若と同じ長屋の住人で、十五の時に父親をなくして一人ぼっちになったお若の相談相手になってくれている。

「お若ちゃん」

動作の大きい割に、声が小さかった。

「とんだことになっちまったんだよ」

あたりをみまわして、更に声を落した。

「お前の、おっ母さんが帰って来ちまったんだよ」

二

「清月」を出たのは、かなり更けてからであった。

富岡町の長屋までは、それほど遠くない。

（おっ母さんが帰って来ている……）

父親が生きていたら、と、ふと思った。

男とかけおちした母であった。あれも、初夏の夜だったと、とりとめもなく思いだす。

椎《しい》の花の匂いが、胸苦しいほどたちこめていたのをお若は記憶している。父親と母親がなにか低声《こごえ》で言い争っていて、やがて、母は立って土間へ下りて行った。戸の外に誰かが来ているのがお若にもわかった。母は別れにお若を抱いてもくれなかった。たまりかねて寝床からとび出して来たお若を抱いてくれたのは父親だった。一度だけ、お若は去った母親を恋しがって泣いたことがあった。その時も、父親はお若を抱いて、ひそとしていた。父の頬に涙が流れていた。あとにも先にも、父親が泣いたのは、この時だけであった。

以来、お若は別れた母のことを一切、口にしなかった。

屋根職人だった父親は真面目《まじめ》一方の男だった。酒が好きだったが、母が去ってからは、晩酌に一合飲む以外は、決してつきあい酒もたしなまなかった。後妻をもらうということもなかったし、外に女も作っている様子もない。

お若が十五の時、風邪をひいただけであっけなく逝《い》ってしまった父を想う時、お若は母を許せないと思った。

家の窓に灯がさしていた。路地の入口に、お君と、その亭主の三吉が立っている。

「お若ちゃんが帰ってくるまでは、勝手に家の中へ入らないでくれって、さんざん言ったんだけどね。ここは、あたしの家だって……あきれちまうよ、本当に……」

待ちかねたように、お君の声は家の中へ聞えよがしであった。

「すみません……」

「どうするね、お若ちゃん」

三吉が分別臭そうな顔をよせて来た。

「うちの奴は、叩《たた》き出せなんて勝手なことを言ってるが、お若ちゃんにとっちゃあ、やっぱり、産みの親だもんな」

「親だなんて言わせるもんかね、あんな女……」

他人の家のことで夫婦《ふうふ》喧嘩《げんか》をするほど人のよい隣人であった。

「あたし、話してみます。とにかく、お父っつぁんのお位牌《いはい》もあることですし……」

それだけ言うのがやっとであった。怨《うら》みつらみは山ほどあっても、他人の口から母親を誹謗《ひぼう》されるのはつらい。

思い切って戸をあけた。

土間と部屋との間の障子があけっぱなしで、行灯のかげに横ずわりになって茶碗《ちゃわん》酒《ざけ》を飲んでいる女の背が、いきなり眼に入った。

背後から家の中をのぞき込もうとしている三吉夫婦を意識して、お若は慌てて戸を閉める。

「おや、帰ったの」

ゆっくりとふりむいて、流石《さすが》に照れくさいのか、視線をすぐ逸《そ》らした。

「あなた、どなたですか」

少しかすれた声で言い、お若は土間を上ったすぐの場所へすわった。

「いやだねえ。あんた、おっ母さんを忘れたの。お雪ですよ。別れた時、三つだったかね。それとも、五つになっていたか……」

「出て行って下さい」

押し殺した声で言った。

「あたしとお父っつぁんを捨てて行ったおっ母さんなら、今すぐ、ここから出て行ってもらいます」

「お若……」

「よくも、この敷居が越せましたね、よくも、この部屋でお酒なんか飲めましたね。仏壇のお位牌が眼に入らないんですか」

語尾が慄《ふる》えそうになって、お若は唇を嚙《か》んだ。泣くまいと思った。誰が、こんな女の前で泣くものかと、歯を食いしばった。

「あの人、死んだんだってね。お君さんから聞いたわよ」

そっけなく言い放って、茶碗を唇へ持って行ったものの、手がわなわなと慄えている。

「気の毒に……でもねえ、あんたのようないい娘に死に水とってもらったんだし……生きていたって、女遊びの出来ない体だったんだから……あの人にとっちゃ、生地獄を漸《よう》く、解脱《げだつ》出来たようなもんよ」

意味がわからず、お若は眼を怒らせた。

「あんた、なんにも知らないの」

お雪が初めて正面から娘をみた。

「なんのことだか知りませんけど、お父っつぁんに可笑《おか》しな言いがかりをつけるのはやめて下さい」

外で勝手をして来た母である。

「あんたになんか、お父っつぁんの気持がわかってたまるもんですか。たった一人で、あたしを育ててくれた……」

「あの人、女をひきずり込んだりしなかったでしょう」

母親らしからぬ淫靡《いんび》な唇をすぼめた。

「そんなこと……あるもんですか」

「外で、女も買わなかった……」

「やめて下さい。お父っつぁんはあんたなんかと違うんですよ」

「なんにも出来やしなかったのよ、あの人」

茶碗に残った酒をぐいとあけた。

「お父っつぁんは、男じゃなかったのよ」

「なんですって……」

「あんたも、もう年だからわかるわね。あの人、あんたが生まれて間もなく、屋根から落ちて大怪我をしたのよ。命に別状なかったけど……それ以来、女を抱けなくなっちまってねえ」

流石《さすが》に眼を伏せて、声を落した。

「そりゃ、あたしだっていけないわ。体がどうなろうと亭主は亭主なんだし、あんたって子までいた……だけど、子供を一人産んで……女が一番、盛んな時だったのよ。一つ家に夫婦がいて、なんにも出来ないなんて、地獄よ。あの人だって苦しかっただろうけど、あたしはもっと苦しかった……」

お若は両手で耳をおさえた。

「聞いてよ、お若」

「いや……そんなの。夫婦って、そんなものじゃない……」

「わかるわよ。あんただって、一度、男に抱かれてみればね……」

気がついたように、お若の全身をみた。

「あんた、清月へ嫁入りするってじゃないの。まだ、若旦那《わかだんな》となんでもないのかい」

赤くなっている娘を面白そうに眺めた。

「いい年して、おぼこなんだねえ、お前って子は……」

酔いがまわって来たのか、とろんとした眼つきをして、かまわず畳に寝そべった。

「あたしも随分、苦労したのよ。馬鹿な話ね。うちの人が屋根からなんぞ落ちなけりゃ、あたしだって、ふつうのおかみさんで一生、なんのこともなくすぎただろうに……人間なんてつまらない……」

寝息が聞えて、お若は慌てた。

母親をこのまま泊めるつもりはなかったが、酔ってうたた寝をしている母をひきずり出す勇気もなかった。

行灯の灯影《ほかげ》に、かなり白髪の目立つ母の寝顔が疲れ切っていた。化粧がはげて、女の衰えを、はっきり語っている。

苦労をしたというのは嘘ではなさそうであった。父を捨ててかけおちした男との生活も不幸だったようである。

母の言った肉欲のことは、感覚的に反発しても、なんとなくわかるようでもあった。

お若は途方に暮れた眼で、仏壇を仰いだ。

「どうしたら、いいの、お父っつぁん……」

三

ずるずると、母親は娘の家に居ついてしまった。

気がついたことだが、お雪はろくな着がえも持っていなかった。今まで、どこで何をしていたのかと訊《き》いても、

「あっちこっちね。一つ所に居つけなかったんだよ」

と口を濁す。おそらく水商売をしていたのだろうと、およそ、お若にも想像がつ

いた。

酒の飲みっぷりといい、自堕落が身についていて、朝寝の宵っぱりであった。

夕方になると、酒がなくては居られないらしく、お若の置いて行った金の中から、自分で酒屋へ出かけて貧乏徳利を下げてくる。
二、三日もすると、簞笥《たんす》からお若の浴衣《ゆかた》や帯をひっぱり出して、ことわりなしに着ている。
「地味なものばっかりじゃないか」

よくこんなものを着ていて気が滅入らない、などと言われても、お若は返事をする勇気もなくなっていた。

そんな母親でも、血のつながりとは怖ろしいもので、夜おそく、清月から帰って来ても、窓に灯がみえると、それだけでほっとした。

一緒に暮すようになれば、母親だけに帯を結んでくれたり、化粧がうすすぎると世話を焼いたり、夜はちょっとした飯の菜などを用意して、酒を飲みながら待っていてくれる。そんなことがお若には嬉《うれ》しかった。

父親が死んで三年、肉親の情に、お若は飢えすぎていた。

母親が帰って来て三日目、お若は万兵衛に呼ばれた。

奥の部屋に万兵衛夫婦は、あまり機嫌のよくない顔でお若を待っていた。万太郎はこのところ、あまり店へ来ない。倉の二階でのことにこだわっているのかと、お若は寂しかった。

奥の部屋にも万太郎は居なかった。

「お袋が帰って来たそうじゃないか」

お若をすわらせて、万兵衛がすぐ切り出した。話さねばならないと思いながら、話しづらく、又、機会もないままに、お若はまだ主人夫婦に母親のことを打ちあけていなかった。

「いつから、家に居るのだ」

「三日ほどでございます」

「困るじゃないか。そんな大事なことを黙っているなんて……」

とみがとげとげしい声を出す。お若は小さくなった。

「どうするつもりなのさ。これから先……」

お若の母親が、むかし、男とかけおちしたことは、万兵衛夫婦も知っている。

「まさか、ずっと、あんたが面倒みるつもりじゃないだろうね」

返事の出来ないお若へかさにかかった。

「あんたはどう思ってるか知らないが、うちじゃ、嫁の親まで面倒みきれないからね」

言いすぎたと思ったのか、万兵衛が制した。

「そりゃまあ、お前のおっ母さんが、今までちゃんとした女の道を守って来た人なら、うちでも考えないわけはない。でもね、亭主と子供を捨てて、男とかけおちするような女には、人情のかけようがない」

「第一、そんな母親がついていたんじゃ、お前を家へ入れるにも外聞が悪くて困るじゃないか」

とみが大仰に顔をしかめた。もともと、喜んで嫁にする女ではないのだ。女中を一人息子の嫁にする体裁悪さの他に、その女の淫奔《いんぽん》な母親の過去が再び、人の口の端《は》に上る。万兵衛夫婦が苦り切るのも無理ではなかった。

「十五年もむかしのことだもの。生きているにせよ、死んでるにせよ、江戸へは帰るまいと思っていたのに……あんたのお袋さんもよくよく業《ごう》の深い女だ」

なんと言われても、お若は頭を畳にすりつけるだけであった。

「とにかく、お袋のことを、きちんと話をつけておくれ。そうでないと、万太郎との話も進められないのだから……」

釘《くぎ》をさされて、お若は板場へ戻った。まだ早い時間なので、板前も女中達も出て来ていない。

万太郎はどこへ出かけたのだろうと思う。母親の話を、万太郎がどう思っているのか知りたかった。

裏で薪割《まきわり》の音がしている。

出てみると、宗吉であった。お若をみると手を休めて、額の汗を拭《ふ》いた。

「早いじゃないか、お若ちゃん」

店へ顔を出す時刻のことである。

「旦那様に呼ばれたものですから……」

「ほう……」

眩《まぶ》しそうな眼をした。

「あの、若旦那、今日はお留守なんでしょうか」

はにかみながら訊《き》いた。この間の倉の中で、なにがあったか、宗吉にはおよそ推量されている筈《はず》であった。あの時、宗吉が声をかけてくれなかったら、お若は間違いなく万太郎に蹂躪《じゅうりん》されていた。

もっとも、あの時、どうしてあんなにもむきになって万太郎を拒んだのか、お若にもわからない。

お若のほうから、万太郎を好きになったわけではなかったが、長いことかかってくどかれて、最初は若旦那の冗談と本気にしなかったのが、両親にも打ちあけ、お若を嫁にしてくれないのなら坊主になるとまでつめよられると、それほどまでに好いてくれた相手の気持が嬉しかったし、一人ぼっちの心細さもあって、万太郎の好意を受ける気持になっていた。約束のしるしに唇を許したこともあるし、抱かれて胸をさぐられたこともある。お若がその気になれば、いくらでも他人でなくなる機会はあった。自分を惜しんでいるのではなかった。相手を焦らすつもりもない。

ただ、唇を合せ、肩を抱かれる度に、お若はどこかで万太郎を拒んでいる自分を次第に強く感じていた。万太郎の指が巧みに動いてお若の体が汗ばんでも、心がどうしても燃えないのだ。むしろ、生理的に万太郎を嫌悪するものが、日々、強くなっている。

それでいて、矛盾したことに、お若は万太郎を嫌いではなかった。むしろ、未来の夫として頼り、すがる気持は強い。

今、万太郎を探しているのも、結局は万太郎にすがって、母のことをどうしたらよいか相談したいと思う故である。

宗吉はお若から眼を逸《そ》らした。

「留守のようだね」

「こんなに早く、どちらへ……」

何気なく訊《たず》ねたのに、宗吉は狼狽《ろうばい》したように顔をそむけた。

「さあ俺は知らないが……」

うつむいているお若に、そっと訊ねた。

「急な用事かい……」

「おっ母さんのこと、相談したかったんです」

宗吉の前で、お若は素直にものが言えた。奉公に来た時から、なにかにつけてかばってくれた人だった。露骨に親切を見せることはないが、どこかでお若をいたわってくれている。ただ、普段は無口でそっけなくて、殊にこの二、三年は同じ店で働いているのに、お若を故意に避けているようなところがあった。

たまに、お若のほうから声をかけても、ぶっきら棒な返事しか戻って来ない。そうなると、お若のほうも遠慮がちになって、万太郎との縁談が起ってからは、ろくに口をきくこともなくなっていた。

「旦那《だんな》から、なにか言われたのかい」

珍しいことであった。宗吉の声に、むかしの温かさがあった。

「おっ母さんのこと、なんとかしないと、若旦那の嫁に出来ないって……」

心が不意に脆《もろ》くなったようである。

「やっぱりなあ」

宗吉の声は吐息に近かった。

「あたし、おっ母さんを捨てる気にはなれないんです。そりゃ、人からみればいけない女かも知れないけど……おっ母さんだって苦労したんですし……それに……もう年なんです。あたしが捨てたら……」

四十を越えたばかりの年の筈であった。しかし、肉体の荒廃は五十、六十の女のようである。化粧をしない顔は、実際の年より十以上も老けてみえた。

「お若ちゃん……」

低く、宗吉が訊《たず》ねた。

「お前さん、万太郎を好いているんだろうな」

どぎまぎして、お若は袂《たもと》をさぐった。

「惚《ほ》れているのかい。万太郎に……」

「そんなこと……」

うろたえて、お若が首筋まで赤くなった。

「もったいないと思ってるんですよ。あたしみたいなものを……」

正直な気持だった。生れてはじめて男から本気で言いよられたのである。それも浮気心ではなく、女房にと、はっきり言われたのであった。

「身にすぎたことですけど……あたし、有難くて……」

男の好意にむくいるためには、どんな辛抱もしようと決心した筈である。

「わかった……」

別の人のような気軽さで、宗吉が笑った。

「俺が、若旦那を探して来てやるよ。なあに出かけた先もおおよそ見当ついている」

安心して、家へ帰って待っていろと言われて、お若は頭を下げた。

家に母親は留守であった。

なにか思いついて出かけて行ったらしく、部屋の中は散らかっている。

掃除をすませ、店へ出る仕度をしているところへ陽気な足音がして、お雪が帰って来た。

重たげな風呂敷包《ふろしきづつみ》をどさりと放り出す。包がほどけて反物がのぞいた。

「ちょいと。みてよ、これ」

あっけにとられている娘の前で、お雪は派手な柄の浴衣《ゆかた》を肩にあててみせた。

「おっこち絞りっていうんだって。粋《いき》だわねえ」

浴衣が二反の、帯が一本、それに縮《ちぢみ》が一反。

「働きに出るんだもの。あんたの借り着ってわけにも行かないしさ」

「働きに……」

「いつまでもぶらぶら遊んでいるわけにも行かないじゃないか」

「おっ母さん……」

慌てて、膝《ひざ》を進めた。水商売の、それもどうやら体を売って生きて来たような母親に、今更、どんな奉公が出来るというのか。

「あたしね、思いついて、清月さんへ行って来たんだよ」

「清月……」

「今しがた、お前が帰ったって言ってたわ」

自分と入れかわりに、母が主人夫婦に逢《あ》ったという。

「あたしね、あそこの仲居《なかい》に使ってもらおうと思って……」

お若は絶句した。

「だって、お前があそこのおかみさんになるんなら、あたしは御隠居さんで左団扇《ひだりうちわ》で暮したっていいようなものだけど、それじゃ、あんまり厚かましいって、お君さんも言うからね」

それで考えての仲居志願だという。

「だって、若旦那のおかみさんの母親なら、奉公人だって、そうそう馬鹿にしないだろうし、ひょっとしていい男でも摑《つか》まれば、お前に迷惑をかけなくてもすむと思ってね」

せい一杯の母親の知恵が、お若には情けなかった。

「旦那やおかみさん、なんですって……」

「考えとくって……」

苦りきっている主人夫婦の表情が眼にみえるようであった。

「お前から、万太郎さんにそういってよ。悪い相談じゃないんだから……」

「おっ母さん……」

腹立たしさと悲しさが胸にこみ上げた。

「悪い相談じゃないって……そんなこと、若旦那に話せると思ってるんですか」

「どうしてよ」

けろりとして、母親は反物をもう一度、胸にあてて鏡に向った。暑い日なのに、こってりと白粉《おしろい》を塗って、紅も濃い。お若がまだ手を通していない、他行着《よそゆき》をずるずるに着て、誰がみても、なにをして生きて来たかが、はっきりわかる母親の姿が浅ましく、みじめであった。

「あたし、今度の縁談、ことわるかも知れないんですよ」

お雪がふりむいた。蒼《あお》ざめている娘をみて、急に笑い出した。

「お若、お前、やきもち焼いてるんだね」

「やきもち……」

「妬《や》くくらいなら、どうして万太郎さんのいうことをきいてやらないのさ。清月のおかみさんがそう言ってたよ。万太郎さんもう三日も居つづけだって……」

よく動く母親の口許《くちもと》を、お若はぼんやり眺めていた。

「万太郎さんが言ってたってよ、お若が言いなりにならなくって面白くないから気晴しをしてくるって……。夫婦になる前からこれじゃ、先が思いやられるってね、おかみさん渋い顔をしてたわよ」

「若旦那、どこへ行ってるんですか」

「馬鹿だねえ。お前も……どうして、もっと早くに体でつなぎとめておかなかったのさ」

近づいて耳へ口をよせた。

「大丈夫だよ、おっ母さんがいいこと教えてやるから……」

「いらない……やめて」

母親を突きとばした。

「ちょいと、お雪さん……」

隣家のお君が血相変えて入ってきた。

「あんたって人は……」

お若をかばうように、あがりがまちにすわった。

「あんまりじゃないか。それでも、あんた、お若ちゃんの母親かい」

お雪は変な笑い方をした。

「みんな聞いたわよ。壁越しに……薄い壁だもの、聞くつもりはなくたって聞えてしまうわ」

「なによ、お君さん……」

肥って汗かきのお君がまっ赤な顔をして、額からも首筋からも、しぼるほど大汗をかいている。

「ふうんだ」

お雪がせせら笑った。

「あんたはむかしっから、のぞきの癖があったよ。なにかっていうと亭主と二人で壁に耳おっつけてさ」

「なんだって……」

鼻の頭から汗が吹き出していた。

「冗談も休み休み言ってもらいたいね。なんだい、清月の仲居に入るって……よくもぬけぬけそんな馬鹿が言えたもんだ。お若ちゃんの身になってごらんよ」

「小母《おば》さん……」

そっと袖《そで》をひいた。

「うちのが清月の板前にきいてきたんだ。清月じゃ、お前のような女がついてる限り、お若ちゃんを嫁にはもらえないって、はっきり言ってるって話じゃないか」

お若の手をふり払って、お君の声はいよいよ高くなる。

「なに言ってるんだ。清月の万太郎はお若に首ったけなんだよ」

「可哀想《かわいそう》だと思わないのか。親が反対してるところへ嫁に入って、お若ちゃんがあんたのおかげでどんなに肩身のせまい思いをするか……万太郎さんだって、お前のような女がついていたら、どこでどう心変りするか知れたもんじゃない。折角の玉の輿《こし》に娘がのりそびれるかも知れないんだよ。わかんないのか」

「小母さん、もうやめて下さい」

おろおろとお若は制した。

「やめるもんか。こんな女は言ってやらなきゃわかんないんだ。したい放題、勝手な暮しをしたあげく素寒貧《すかんぴん》で娘のところへころがり込んで……お若ちゃんがどんなに苦労したか……五つ六つから洗濯だ飯たきだって……それもお父っつぁんの生きてる中《うち》はまだよかったんだ。親一人子一人で、そのお父っつぁんに死なれた時、この子がどんな声で泣いたか、お前に人の心があるものなら、聞かせてやりたかったよ」

お君は遂に泣き声になった。

「母親のない子はあわれなもんだ。お若ちゃんが子供の頃は、いつだって着たきり雀《すずめ》だ。髪をとかしてやる母親もいないんだ。お父っつぁんが仕事で帰りの遅い時は、一人ぼっちで暗い中にすわってて、あたしらが飯を持ってってやっても、腹がぐうぐう鳴ってたって食べないで、お父っつぁんの帰りを待ってるんだ。泣き寝入りにねちまってて、寝顔が涙でまっ黒けだ。他人のあたしだって泣いたんだよ。お前はその時、どこで、なにをしてたっていうんだよ」

お雪がふらりと立ち上った。

「おっ母さん……」

立ちふさがった娘へ、ゆがんだ笑いをむけた。

「どこへも行きゃしないよ。酒を買いにね」

土間の貧乏徳利を取って、突っかけ草履で出て行った。

四

家を出たのが、いつもより小半刻《こはんとき》（約三十分）、遅かった。重い足で、お若は清月へむかった。

この儘《まま》では、万太郎の嫁になるどころか、清月で働けなくなるかも知れなかった。母親を抱え、いったい、どこに働き口を求めたらよいのか。十八の娘の世間は狭かった。

八幡様《はちまん》の境内を抜けた。いつもの習慣で、社殿の前へ膝《ひざ》をついて祈った。なにを祈ってよいのかわからなかった。

「お若ちゃん……」

息を切らして、宗吉が背後に立った。

「探したよ」

お若の家へ行って、出かけたときき、あとを追って来たという。

「万太郎の居所がわかったよ。俺があらましの話はつけて来た」

永代《えいたい》の船宿で待っているという。

船宿の名と場所を教えてくれた。

「すぐに行くんだ。店のほうは俺が適当に話しておいてやる……」

「宗さん……」

ふっと、その厚い胸にすがりつきたいような想いが、お若をかすめた。

「あたし……若旦那《わかだんな》とのこと、やっぱり間違ってるって思ったんです」

縁談を辞退するつもりだとお若は言った。前から、ぼんやり考え続けていたことが、宗吉の顔をみているうちに確かな形になった。

「なんだって……」

宗吉が自分を叱りつけるように続けた。

「なにを言ってるんだ。おっ母さんのことなら、万太郎によく頼んで来た。心配には及ばないよ」

「おっ母さんのことだけじゃないんです。あたし……本当は……」

流石《さすが》に、いいよどんだ。漠然と感じている万太郎への不信の気持を、相手が万太郎の従兄弟《いとこ》だけに、あらわにはいい難い。

「しっかりするんだ。お若ちゃん……」

宗吉がそっとお若の肩に触れた。

「万太郎はあんたに惚《ほ》れている。あんただって、万太郎を好いていると言ったじゃないか。運は自分で摑《つか》まなけりゃいけない。幸せになれるんだ。臆病《おくびょう》になってはいけないんだ」

思い切ったように、うつむいているお若の頰を両手ではさんで仰むけた。ずっと以前、叱られて泣いていたお若に、そうしてくれたように、やさしく眼をのぞき込んだ。

「勇気を出して、幸せになるんだよ」

宗吉の顔が近々と迫っているのに、お若は少しも嫌悪を感じなかった。ゆらりと体が傾いて、宗吉の男くさい胸にすがった。宗吉の手が遠慮がちにお若を抱く。

万太郎にそうされた時は毛穴が逆立つほどの違和感があるのに、宗吉にはそれがなかった。ただ、ちょっと体を固くしただけで、むしろ、お若の内部で甘く溶けて行くものがある。

「お若ちゃん……」

宗吉の声がかすれて、そのことに宗吉自身驚いたようにお若を放す。お若も我に返った。

なんということなしに頰が熱い。

「早く行くんだ。万太郎が待っている……」

突き放されたように、お若は走り出していた。言いようのない孤独感が、お若を襲っていた。

（あたしは自堕落な女なのか……）

恥で眼が眩《くら》むようであった。万太郎の妻となることを約しておきながら、今の一瞬は、間違いなく宗吉になにをされてもよい心であった。

（おっ母《おお》さんの血が、あたしにも流れている）

眼を蔽いたかった。

船宿へ入るまでお若が考えていたのは、そのことだけであった。

万太郎は二階の部屋にいた。

川風が下ろしてある簾《すだれ》越しに吹き込んでくる。もう夜で、部屋にはどういうわけか、夏布団が敷いてある。万太郎が酒に酔って横になっていたというふうであった。入って来たお若を、万太郎は流し眼にみた。

「遅かったじゃないか」

突っかかるような調子であった。

「宗吉からきいたか。お前のお袋のことで、親達が、とやかく言ったそうだな」

言うのが当り前だと、万太郎は嘲《あざけ》った。

「淫売女《いんばいおんな》がお袋じゃ、俺も少々、二の足をふむさ」

顔色を変えたお若の手を摑んだ。

「お前の心次第さ」

大人《おとな》しく、自分の言うことをきけば、お袋のことはどうとでもしてやるという。

「逆らったら、どうなるかわかってるのか」

乱暴にお若を抱いた。

「お前は清月から暇を出される。お払い箱だ。長屋には居られなくしてやる。深川界隈《かいわい》じゃ、お前が働けないようにすることだって、俺がその気になれば出来ないことじゃないんだ……」

ぶるっとお若が慄《ふる》えた。

「そうなったら、お前、淫売のお袋を抱えてどうするつもりだ……」

万太郎が裾《すそ》を割ってお若に触れた。怯《おび》えたようにお若は逆らう気力を失っている。

万太郎は乱暴にお若を扱った。

「帯をといて、そこへ寝るんだ……」

眼を閉じているお若に命じた。

「早くしろ」

自分は酒を茶碗《ちゃわん》に注いで一息に飲んだ。

操り人形のように、お若は帯をといていた。

伊達《だて》締めも腰紐《こしひも》も、万太郎に言われるままにほどいた。袂《たもと》で顔をかくすようにして横になった。待っていたように、万太郎が行灯《あんどん》を下げて近づいて来た。はっと気がついた時は裾をめくられていた。行灯がお若の下腹部を照らす。

「なにをするんです」

夢中ではね起きた。屈辱で歯の根が合わない。

「寝ろよ」

男の眼が濁っていた。

「寝ないか」

がんと平手がお若の頰で鳴った。続けて三つ、五つ。容赦のない打ち方である。

気が遠くなりかけて、それでもお若は裾をかばった。死んでも、こんな男にと思う。

朦朧《もうろう》としながら、最後に唇から声が洩《も》れた。

「宗さん……」

猛然と万太郎がのしかかって来た。思わぬ男の名をきいて逆上したらしい。体を叩《たた》きつけるようにして、お若は逃れた。消えかかった思考を死がかすめた。

背後が窓であった。川に突き出た船宿の二階である。

「おい、なにをする……」

ひきもどそうとした万太郎の手にお若の浴衣《ゆかた》が残った。水音をたてて、お若の体は川へ落ちた。

五

気がついた時、お若は寝かされていた。のぞき込んでいた顔が宗吉であった。

「知らせをきいて、とんで来たんだ。万太郎は、もう帰ったよ」

とび込んだ場所が船宿の前である。若い衆もいるし、舟もある。すぐに助け上げられて、水を吐かされた。清月に知らせが行っている間に、万太郎は金をおいて、そそくさと姿を消したという。

少し体がふらついたが、お若は起きて浴衣を着た。万太郎に命ぜられて帯をといたことが思い出される。追いつめられたとはいえどうしてあんな気になったのか、自分が情けないようである。

宗吉に連れられて、船宿を出た。

夜はすっかり更けて、川面に月が映っていた。宗吉にしっかり摑まって歩いていても、お若はすぐに息が切れた。

「少し、休んで行こうか」

土手を下りて、川っぷちの草の上にすわった。もう人通りも絶えて、水ぎわの草に蛍が光っていた。

堰《せき》が切れたように、お若は船宿での話をした。話さずには居られない気持だった。

お若を抱えるようにして、宗吉は黙ってきいていた。怒りが彼の唇をひきつらせ、体が小刻みに慄えていた。

「やるのじゃなかった。万太郎のところへなぞ……」

うめきに似た声をきいて、お若は顔をあげた。

「これでよかったんです。自分の気持が漸《ようや》くわかったんです……」

万太郎を好いていたのではなかった、とお若は言った。

「負け惜しみに聞えるかも知れないけど、あたし、寂しかったんだと思うんです」

孤独が、万太郎へ近づけただけだったと思う。その証拠に、どうしても万太郎には許す気になれなかったのだ。

「お若ちゃん……実は俺、清月をやめるんだ」

突然のことである。

「今までにも何度かやめようと思った。決心がつかなかった」

神田で大きな青物問屋の主人が、前から宗吉を見込んでくれて、働く気があれば、いつでも頼って来いと誘われていた。

「今まで清月で厄介になった分は、もう働いて返せたと思う。いつまで働いていても、あそこに居たんじゃ、一生、飼い殺しだ」

お若がいたから、清月を出る勇気がなかった、と宗吉は言った。

「だが、今夜、暇を取った……」

給金なしで二十年も働いたのに、伯父夫婦からは恩知らずと罵《ののし》られたという。

「それで、きまりがついたんだ……」

黙って泣いているお若を、そっと抱きよせた。

「今、いっちゃいけないかも知れないが、俺は、あんたが好きだった……」

その言葉をもっと早くにききたかった、とお若は泣きじゃくった。もっと早くきいていたら、どんなに万太郎に口説かれても、お若は清月の嫁になろうなどとは思わなかった。

「俺が悪かったんだ。万太郎から打ちあけられた時、清月のおかみさんになれるなら、お若ちゃんの出世だと……」

　男の体に、お若はしがみついた。宗吉がお若の唇を吸った。それだけのつもりだったが、お若は体の芯《しん》が狂ったように熱くなった。男も同じことであった。宗吉の手がどこへ触れても、お若は快かった。強く反応した。苦痛はなく、かすかな痛みにも嬉《うれ》しかった。すべてを宗吉にゆだねて、お若はしっかり眼を閉じて、宗吉に支えられていた。

　僅《わず》かの間だが、お若は気を失っていたようである。宗吉もお若にかぶさったまま、じっとしている。お若の眼に天上の星が映った。涙が眼尻《めじり》を伝わる。

「お別れね……これで……」

　うっとりと声が出た。

　宗吉が、むっくり体を起した。

「幸せだわ。あたし、これでもう……一生」

　これで自分の女は終ったのだと思う。一生に一度でも、本当に好きだった男に抱かれたのだから後悔はなかった。

「お若……」

ぎこちなく呼んだ。

「俺達、もう、他人じゃないんだぜ」

迎えにくると宗吉は言った。明日、神田へ行って、働き場所がきまったら。

「いけないわ。あたし、宗さんの重荷にはなりたくない……」

「おっ母さんのことなら、心配いらないよ」

二人一緒に迎えにくる、と宗吉は微笑した。

「まかせておくんだ。俺に、なにもかも」

お若の唇を宗吉がふさいだ。首筋から胸へ宗吉が下りて行くのに、お若は前よりも激しく応《こた》えた。全身で宗吉を迎え入れた。

(今夜限り……)

宗吉がどう言ってくれても、お若の気持は動かなかった。母親と二人、宗吉の荷厄介になって幸せがくるとは思えなかった、嫌われて捨てられるくらいなら、今夜限りの思い出にしたかった。

宗吉が神田へ行ったら、自分も母を連れて江戸を出ようと思う。

お若が声をあげ、泣きながら宗吉を締めつけた。

深川へ帰って来た時は、夜があけていた。母親は留守であった。昨日から帰っていないようである。様子をきこうにも、長屋はまだ眠っている。

誰もいないのを幸いに、宗吉を部屋へ休ませて、飯の仕度《したく》をした。

一度きりでも女房らしい真似がしたい。

炊きたての飯と味噌汁《みそしる》で、さしむかいの食事がすんだ。

雀の声の中を宗吉は出て行った。

母親が帰って来たのは、宗吉と入れ違いぐらいである。

「どこへ行ってたんです。おっ母さん……」

近づいて、はっとした。母親の体から男の臭いがしている。宗吉を知って、母親が今まで、なにをして来たのかがわかった。

頰が赤くなったのは、母親にも、娘が夜っぴて男の腕の中にいたのを気づかれたと思ったからである。

「あんた、おあし、いくらかあるかい」

やけっ八な声だった。娘に昨夜、なにがあったのか、まるっきり関心がない。

「おあし、なににするんです……」

「うちのが、迎えに来たんだよ」

照れかくしに笑った。

「うちのって……おっ母さん……」

「気がきかないねえ」

木更津で一緒に暮していた男だという。

「つまらない女と浮気されたんで、かっとしてとび出して来ちまったんだけど……やっぱり、あたしがいいんだってさ」

娘の眼をみないように話す。

「昨夜、その人と一緒だったの」

「野暮な子だねえ」

含み笑いが色っぽかった。

「どこにいるの、その人」

「八幡様の境内で待ってるんだよ」

「逢《あ》わせて……」

母親が欺《だま》されているのではないかと思う。

「やなこった……」

お雪が眉《まゆ》をしかめた。

「それでなくたって、浮気な奴なんだ。あんたなんぞみたら、なにを言い出すか知れたもんじゃない……」

「おっ母さん……」

「娘になんぞ、奪《と》られてたまるものかね」

女の眼であった。敵意が露骨である。

「おあし、早く、おくれな。待ってるんだよ」

木更津へ帰るという。

「だって、おっ母さん……折角、逢えたのに」

娘と別れるのが、なんともないのかとお若は哀しかった。自分は母親のために恋さえ諦《あきら》めようとしている。

「なに言ってるんだい。逢いたくなったら、又、来るよ」

「帰って来なくたっていいわよ」

激しく声が出た。

「おっ母さんが好きなことするなら、あたしだって好きにするわ。帰って来たって、もうここにはいませんよ」

「そうかい」

冷たく、お雪がわらった。

「それだと、気がらくだよ」

不貞腐《ふてくさ》れて、そっぽをむいた顔が凍りついたように動かない。

殆《ほとん》ど、ありったけの銭を、お若は母親の前においた。

「ありがとう。じゃ、お前も達者でね」

銭を懐中に入れて路地を出て行く足音を、お若は泣きながらきいていた。

あれでも人の子の親なのかと思う。親の心、子知らずとはいうが、子の心、親知らずだと腹立たしい。

男の子が土間へ走って来た。隣のお君の息子《むすこ》で五つになる。

「姉ちゃんとこの小母《おば》さんが、これ、姉ちゃんにって……」

赤い巾着《きんちゃく》であった。

「おっ母さんが……」

あけてみると、さっき渡した銭がおよそ半分、入っている。

「どこで逢ったの、おっ母さんと……」

「川んとこ……」

「どっちへ行ったの」

「俺、知らない……」

巾着を摑《つか》んだまま、お若はしんと考えていた。

なにか可笑《おか》しいと思った。

落ちついて母との会話を思い出してみる。確かに、どこか辻褄《つじつま》が合っているようで合わなかった。

木更津から男が迎えに来たというのも突然すぎるし、第一、そんな男の話を、今までにまるっきり、母親の口からきいていなかった。

お君が顔を出した。

「どうかしたのかい。うちの坊主……」

夢中で訊《たず》ねた。昨日、この家へ母を訪ねて誰か来なかったか。

「誰も来やしないよ、お雪さんは夕方、めかし込んで出て行ったけど……」

男がこの家を探して来たのではなかった。

母は町で、その男と逢ったのだろうか、平仄《ひょうそく》が合わないとお若は、はっきり気がついた。

(おっ母さん嘘をついた……)

信じられないことだが、そう思うのが一番自然だった。娘と別れる決心をつけるために母親は酒に酔って、行きずりの男に抱かれて来たのではなかったか。

銭を半分、戻して来たのが、母親の本心を物語っているようである。

お若はかけ出した。

路地を出て、川っぷちをみた。八幡様の境内へも走った。無闇《むやみ》にそこら中を歩きまわった。

「おっ母さん……」

娘に母親らしいことの出来なかった女が、最後に、たった一度、親らしいことをして去ったというのだろうか。

「おっ母さんったら……」

汗と涙の顔で、お若は夏の陽の中に立っていた。

朝の蝉《せみ》が、鳴いている。

露のなさけ

一

舟が着くのを待ちかねるようにして、おはんは身づくろいして立ち上った。

「そこまで送ろう」

いきなり腰を抱かれた。夢中で避けると、今度は肩を抱いてくる。突きとばしもならなかった。つい、この間まで、養母の旦那《だんな》だった男である。

もつれ合うようにして岸へ上った男女を、船頭は見ないふりをして、舟を押えている。

「ここで結構です。すぐそこですから……」

家まで送って来られては、なにをされるか知れたものではなかった。すだれを下ろしただけの屋根舟の中でも、酒の酌をさせながら、船頭の耳に気をかねて、おはんが声をたてないのをいいことに、まるで、もう自分の持ち物になったように、おはんの体を嬲《なぶ》っていた。

「もう遅うございます。おっ母さんの四十九日もすんだばかりですし……」

哀願するようなおはんへ、加納屋は面白そうに笑った。

「わかったよ。二、三日中に使いをやる。その時な……」

おはんの袖口《そでぐち》から手を入れて、二の腕のあたりを強く摑《つか》んだ。が、それ以上は、待っている船頭の眼を意識したのか、そそくさと舟へ戻る。

「お気をつけて……」

嫌な奴、と体中で腹を立てているくせに、芸者の習慣で、つい言葉だけは情を残した挨拶《あいさつ》で、おはんは舟を見送った。

日の暮れ前に夕立があったから、大川端はしっとりと空気がしめっている。風もさわやかであった。

無理に勧められた酒の酔いが体の芯《しん》にたまっているようで気持が悪い。

重い足をひきずるようにして土手へ上りかけた時、木陰から男の姿が出た。無言で立ちふさがった男を、船宿から洩《も》れる灯影《ほかげ》がうすく照らし出した。

「おはんだな」

低く、確かめるように言われても、おはんは相手がわからなかった。

「幸吉だよ」

冷たく、突き放すように名乗られて、おはんは、あっと声をあげた。

「幸さん……」

語尾がかすれて、おはんの上体が揺れた。足をふみしめて、立ちすくんだ。なつかしさときまり悪さが、まず先に立ち、言葉には言えないような複雑な感情が胸にこみ上げて来て、涙が湧いた。

「いつ……いつ、江戸へ……」

それには答えず、幸吉が背をむけて歩き出した。わけがわからないままに、おはんも後へ続く。

柳橋のお師匠さんで、生前は通っていた杵屋小三春《きねやこみはる》の家は、すぐ近くであった。路地を入り、十年前に出て行った格子戸を幸吉が馴《な》れた手であけ、ついと入った。おはんが続いてくるのを承知で、乱暴に後手で閉める。

そんな動作で、おはんは男の怒りを悟っていた。いつか、こんな日がやってくるとは承知していて、だしぬけにそうなったようで、おはんは気が転倒した。

住み馴れた我が家の筈《はず》なのに、おはんは遠慮がちに上り、おどおどしながら茶の仕度をした。

部屋のすみに、旅の仕度が解いたままになっている。この家へ草鞋《わらじ》を脱いで、それから土手で、おはんを待っていたものと思われた。

「お帰りなさいまし。お師匠さんが、どんなに……」

仏壇に合掌している男の背へ、そっと手を突いた。

「昨日が四十九日だったんです……」

やはり、どんなに周囲から言われても、骨を寺へ納めるのではなかったと思う。たった一日違いで、幸吉が帰って来たのだ。

「堪忍《かんにん》して下さい。幸さんが帰ってくるまで、お骨をここにと思ったんですけれど……あたしが一人っきりなので、留守に火事でも出たら、とり返しのつかないことになるって言われて……」

「酒が欲しいな」

幸吉がふりむいた。抑えた声である。

「すみません。気がつかないで……すぐに買って来ますから……」

座敷着を着がえる暇もなかった。

もう戸を閉めていた酒屋を裏からまわって酒を買い、息を切らして家に帰った。

幸吉は、ぽつんと夏火鉢のむこうにすわっている。

「冷やでいい……」

「でも、冷やは体に……」

「うるさいな。早くしてくれ」

あり合せで、おはんは酒の肴《さかな》を作った。幸吉が子供の時分に好きだった和布《わかめ》のぬたや、鉄火味噌《てっかみそ》や、思いついて、そうめんもうでた。

一通り、作るものを作ってから、お酌にすわった。

「手紙、いつ着いたんですか」

小三春の容態が悪くなって、医者から知らせるなら急いでと言われ、長崎へ早飛脚をたのんでもらったのは、春のはじめであった。

「今年の菖蒲《しょうぶ》が、みられるかねえ」

と病床で言い、言いした小三春は、江戸に漸《ようや》く、その花が咲いて、おはんが花桶《はなおけ》に挿《い》けて間もなく逝《い》った。

「お医者は、お酒で体の芯《しん》が駄目になっていたって……」

まだ五十前だった。確かに酒は好きで、芸者だった時分も、長唄の師匠になってからも欠かしたことがない。

医者の話をした時に、はじめて幸吉の様子に反応があった。それまでは石のように飲み続けるばかりであった。

自分の言葉で気がついて、おはんは幸吉をみた。

十年前、長崎へ発《た》って行ったのは、医者になるためであった。少なくとも、本人とその周囲はそのつもりであった。

子供の時から、頭がよかった。町内で評判になるほどで、まだ芸者だった母親が旦那に頼んで、神田《かんだ》のほうでちょっと名の知られた医者の許《もと》へ奉公に出した。内弟子にという形だったが、実際には使い走りや、往診のお供なぞである。それでも、芸者の子が医者の弟子になったというので、その頃は大変な噂であった。間もなく、その医者の息子が長崎へ留学することになり、望むなら供をさせてもよいといわれて、当人がその気になり、母親や町内の人々から華やかに見送られて出発して行ったのが、幸吉の十八歳の春である。

四年ほどして、医者の息子だけは江戸へ帰って来た。幸吉はまだ修業が足らずに、むこうへ残ったということであった。

無理もないことに思われたのは、医者の息子は出発した時、三十歳をすぎていたし、医者としてもほぼ一人前であったが、幸吉はまだ子供である。

「十年はかかる……」

と医者も言い、家人も納得した。

幸吉からは、時々、たよりがあった。達者で、勉強しているから心配は要らないというような内容で、こっちからは小三春もおはんもろくに文字が書けないので、ただ、一人前の医者になって帰ってくるのをたのしみに待つばかりであった。

殊に母親の一人息子に対する期待は大変なものであった。医者の内弟子になる前から、小難《こむずか》しい本を読み、寺の住職から、

「職人などには惜しい……」

と言われたあたりから、母親の夢がふくらみ出して、それでなくとも、小三春の

職人ぎらいは有名で、幸吉は絶対に、職人にはしないというのが口癖であった。

何故、小三春が職人を嫌ったのか、八歳でもらわれて来たおはんには知る由もなかったが、あとで人の噂によると、幸吉の父親というのが錺職《かざりしょく》の職人で腕はよかったが、酒乱の気味があり、それでとうとう夫婦にはなれなかった。だから、十七、八で父なし子を産んだ小三春は、子供をよそにあずけて、長唄の師匠の家へ内弟子に入り、やがて芸者に出てからも随分と苦労をしたらしい。

そんなことが、小三春を職人嫌いにして我が子を職人にだけはしたくないと思いこませたのかも知れなかった。

はじめ、小三春は幸吉はどこか大店《おおだな》へ奉公させて商人にするつもりだった。ところが、幸吉は本を読むのが好きだが、算盤《そろばん》がきらいで、性格もどちらかというと無愛想なほうである。これでは商人にはと不安な矢先に、医者の内弟子の話が出て、渡りに舟で、将来の方針が出来てしまった。

実際、芸者の子が医者になれれば、大変な出世だったし、幸吉なら、それも不可能ではないように思われたのだ。

二

おはんは気がついて、まじまじと幸吉を眺めた。

医者になって帰って来たにしては、どことなく、そぐわなかった。髪形も、着ているものも、いわゆる医者ではない。

旅のために、特に医者らしく装わなかったということも考えられたが、それにしても酒を飲んでいる幸吉の姿には、医者らしいものがなんにもなかった。

どこがどうと具体的には言えないが、幸吉がひどく変ったようなのを、おはんは感じていた。

江戸を出て行った頃のおっとりとして、少し気位の高いような雰囲気がなくなって、荒くれたものが身についている。

苦労したのだとおはんは思った。母親が甘やかして育てた息子だった。医者の家に奉公した時も、住込みでは体がきついだろうといって、通いにした親である。長崎では、親もかばいようがなかった。

「江戸へ帰って来てかまわなかったんですか」

そっと訊《たず》ねた。医者の修業なかばで江戸へ呼び返したことになったのかも知れない。

「こんなことになってしまって……せめて、幸さんに脈の一つもみてもらえたら、お師匠さん、どんなに満足なすったか……」

「おはん……」

盃《さかずき》が、いきなりおはんの胸へとんで来た。

「皮肉か、お前……」

なんのことかわからなかった。慌ててとび散った酒を拭《ふ》いた。

「堪忍して……あたし、なにか悪いこと言ったんですか……」

「俺が医者にみえるか……」

おはんが幸吉をみつめた。

「だって……」

幸吉が懐中から手拭《てぬぐい》にくるんだものを取り出した。軽く、手拭ごとおはんの前へ放った。

手拭がひらいて、鼈甲《べっこう》の小さな櫛《くし》がみえた。

「俺が作ったんだ……」

自嘲《じちょう》が唇に浮かんでいる。

「じゃあ……」

「職人の子は職人さ」

五年前から、長崎の鼈甲屋の職人になっているという。

「医者になんぞなれやしなかったのさ」

学問も難しすぎたし、まわりは最初から医者の弟子にするつもりはなかったのだと、幸吉は嘲《あざけ》った。世の中を知らなさすぎたし、辛抱も出来なかった。

「五年目に、漸く、それがわかったんだ」

「だったら、何故、もっと早くに江戸へ……」

「帰れやしねえよ」

茶碗《ちゃわん》で酒を呷《あお》った。

「どの面《つら》下げて帰れるかよ」

その気持は、おはんにもわかった。母親の期待の重さが、町内の派手だった見送りが、幸吉の江戸へ帰る足をにぶらせた。

「お袋の病気の知らせも、あっちこっち転々として、俺の手に届いたのは、随分とあとだった……」

知らせを受けても、すぐには長崎を発てなかったと幸吉は言う。

「さんざん迷って、とうとう思い切って出て来たんだ……」

「そうだったんですか……」

医者になりそびれた男へ、がっかりはしなかった。むしろ、心の中で、ふっと軽くなったものがある。

「お前、芸者になったんだな」

ちらとおはんをみる。

「いつからだい」

「もう……五年になるんです……」

十八の時からであった。養母の指図で、旦那《だんな》もちゃんときまっていた。

「幸さん、おかみさんは……」

細い声で訊《き》いた。

「もらっときゃよかったよ。餓鬼《がき》の一人や二人も出来てるとよかったんだ。そうすりゃ、江戸になんぞ帰る気もなかっただろうよ」

責められているのを、おはんは感じた。

幸吉が長崎へ発つ前夜、裏の川岸で抱き合ったのが昨日のように鮮やかであった。十八と十三である。抱き合うといっても、文字通り両手をおたがいの背にまわして長いこと、じっとしていた。

「帰って来たら、夫婦になろう」

しっかりした声で幸吉がくり返した。おはんは体中を熱くして、必死でうなずいていた。その時のおはんには夫婦になるというのが、どういうことなのか、まるっきりわかっていなかった。

わかったのは、芸者になって旦那を持ってからである。

それっきり幸吉が黙った。なにかをまぎらわすように、しきりに酒を飲む。言いたいことが胸一杯ありながら、おはんはなにも言えなかった。そっと立ち上って、隣の部屋に夜具を敷いた。

「もう遅いんです。今夜はやすんで下さい。明日、一緒にお寺へ行って……」

幸吉の手から徳利を取った。

「そんな飲み方はしないで……お師匠さんが心配しますよ」

おはんの手を、幸吉が摑《つか》んだ。強い力であった。抱きよせられて、おはんは本能的に拒んだ。だが、次に抱かれた時は、もう拒めなかった。唇を重ねられると、体がじんとしびれたようになった。

幸吉の手が帯を解き、おはんを夜具の上へ押し倒した時も、おはんは眼を閉じて、男の自由になった。乱暴な愛撫《あいぶ》だったが、おはんはすぐに燃えた。抑えるつもりが、声もあげた。なにをされても、それが幸吉だと思うとおはんは嬉《うれ》しかった。全身で幸吉に応《こた》えながら、おはんは生れてはじめて、男に抱かれたまま意識が遠くなった。

気がついたのは、幸吉が手荒く、おはんを引き起したからであった。

「畜生……」

幸吉の顔が蒼くなっていた。

「手前《てめえ》は、誰にでもこうやって肌を許して来やがったんだな……」

思いがけない怒声を浴びて、おはんも蒼白《そうはく》になった。まだ、燃えている体に水をぶっかけられたようである。

「違います……あたし……」

「なにもかも、きいて知ってるんだよ。お前が芸者になって、どこの誰を旦那にしたか」

布団の上から手をのばして酒を飲んだ。

「俺も馬鹿さ。十年も長崎くんだりへ行ったきりでも……手前《てめえ》は俺のものだときめちまってよ……」

「幸さん……」

徳利へじかに口をつけようとするのを、体ですがりついて奪い取った。

「二年前に死んだんだってな、最初の旦那は」

「堪忍して、幸さん……」

長襦袢《ながじゅばん》の衿《えり》をかき合せるようにしてすわり直した。

「あたし、馬鹿で……なんにも知らなかったんです……水揚げの晩に……」

力ずくで自由にされて、泣くにも泣けなかったとおはんは訴えた。

「これでもうあたしは幸さんのお嫁さんにはなれない……」

死にたいと言って泣いたおはんに、養母が冷たく言った。

「冗談じゃないよ。幸吉は立派なお医者になって帰ってくるんだ。お前みたいな親なしを、なんで幸吉の嫁に出来るものかね」

年頃《としごろ》になったら芸者にして稼がせるために、八つの年から育ててやったのだと叱られて、おはんの夢は、はっきり消えた。

「だからって、あたしお師匠さんを怨《うら》んだわけじゃないんです。子供の時から育ててもらった御恩を思ったら、芸者になるのも、旦那をとるのも……」

当り前だったと、おはんは諦《あきら》めた。

「でも、幸さんのこと、一日だって忘れやしませんでした。あたしにとっては、もう遠い人だけど……どんなに逢《あ》いたかったか……」

帰って来てくれる日を一日千秋の思いで待ちながら、逢う日が怖かった。

「あたしのことなんか、もう、ふりむいてもくれやしない。それでも仕方がないけど、やっぱり、逢いたくて……」

おはんはおろおろと泣いた。

「口はなんとでも言うぜ」

幸吉が肩をすくめた。

「お前、加納屋を旦那にしたんだろう」

「なんですって……」

「かくしたって駄目さ。世間はちゃんと知っている。手前《てめえ》、お袋が生きてる内から、いい仲だったっていうじゃねえか」

加納屋は小三春の旦那《だんな》だった男である。

「そんなこと、いったい、誰が……」

「誰も彼も言ってたぜ。論より証拠、さっきだって大川に舟を浮かべて二人っきり。お袋の四十九日がすんだばかりで、いい度胸だったなあ」

「違います。そんなんじゃありません」

夢中だった。

「信じて下さい……幸さん……」

「俺はこの眼でみたんだぜ。舟から上って来て、加納屋がお前になにをしたか。あれでも、なんでもないって言い張るのかい」

「なんにもありゃしません。本当に、あたし……なんにも……」

加納屋に口説かれたのは本当だと、おはんは唇をふるわせた。

「お師匠さんの後釜《あとがま》になおれって、お通夜の晩に言われたんです……だけど、いくら、あたしが芸者だからって、仮にもおっ母さんに当る人の旦那と……」

「気にすることはねえやな、世間にはよくあることだ。加納屋は金持だ。女を喜ばすのもうまいって話だったぜ」

「幸さん……」

涙があふれて、おはんは言葉がもつれた。

「あたしは……そんな女じゃない……」

江戸へ帰って来て、幸吉が誰にそんな話をきかされたか、およそ、想像がついた。

小三春が病床についてから、加納屋はしばしば、この家へやって来た。来れば必ず、泊って行く。

小三春の部屋で、その夜、どんな凄惨《せいさん》な地獄図がくり広げられたかを、おはんは知っていた。

男の心をつなぎとめるために、小三春は命がけの愛欲の夜を持った。若さと、病にむしばまれた体をおぎなうために、恥も外聞もない行為で、男の歓心を買おうとした。

そんな女の立場を知っていて、加納屋は骨までしゃぶりつくすような悦楽をくり返して来たのだ。

誰が、とおはんは思う。

「芸者ですから、買われればお座敷もつとめなけりゃなりません。今夜だって、お師匠さんの法事の礼を言うだけのつもりで……」

弁解すればするほど、幸吉の眼が冷やかになって行くのを、おはんは悲しくみつめた。

「今更、なんにも言いたかないさ。なにを言っても、お袋は骨になっちまったんだ」

幸吉の眼が位牌《いはい》をみつめた。

「俺はお前に苦情を言ってるんじゃない。責めるほうが、どうかしてるんだ」

いくらかの落ちつきを、幸吉はとり戻そうとしているようであった。

「十年の間、親をほったらかしにして、赤の他人のお前に、母親の死に水をとってもらった。それだけで、なんにも言えやしねえよ」

立ち上って着物を着た。

「ここの家財道具はお前にやるよ。好きにするんだ。俺はもう帰りゃしねえから……」

泣いていたおはんの背が動かなくなった。

「加納屋の旦那は金持だ。あれだけの旦那はめったに居やあしねえ。お袋のことなんぞ忘れちまって、せいぜい、いい夢をみるんだな」

部屋のすみへ行って荷物を取った。

「幸さん、どこへ行くんです……」

すがりつくような眼であった。

「大きなお世話さ」

ふらふらっとおはんが立って来た。幸吉の正面に向い合って、しんと眼をみつめた。

「あたし……汚ない女です。幸さんのお嫁さんになれやしないこと……わかってます。でも……加納屋の旦那とは……本当に、なんにもないんです」

視線を逸《そ》らしたのは幸吉のほうだった。とってつけたように笑った。

「そんなことは、もうどうだっていい。じゃ、行くぜ」

残っている未練をふっきるように、幸吉は土間へとび下りた。路地へ出ても、家の中は動く気配もない。

大川に沿って歩いた。もう間もなく夜があけるだろうと思う。

朝になったら、母親の骨を納めてある寺へ行って、お経料を供えて永代供養《えいたいくよう》をたのむつもりだった。

それから先は……とにかく、江戸には居たくなかった。

（おはん……）

腹の底に、声がする。体にまだ、はっきりと女の移り香がしていた。きれいな体だったと思う。ひたむきに幸吉を迎え、喜びにふるえていた柔らかな肌が、幸吉の掌に残っている。

泣きながら燃えていた唇と、閉じた瞼《まぶた》のうすく染まったのまでが、なまなましく心に浮かんだ。

あの体を、何人かの男が自由にしたのかと思うと、冷えた怒りが、又、燃え上るようであった。おはんを愛する心が深ければ深いだけに、どうしても許せない。

あっと思ったのは、鼈甲細工《べっこうざいく》の櫛《くし》をおはんの家へ残して来たことに気がついてであった。

櫛が惜しいわけではなかった。が、おはんのために精魂こめて作った細工を、あの家へ残しておくのはつらかった。もし、加納屋の眼にでも触れて、二人で、櫛を種に自分を笑いものにされることがないとは限らない。

夜の道をとって返した。

寝ているなら、叩《たた》き起してでも、櫛だけは取り返そうと思った。取り返したら、大川へ捨てて去るつもりだった。

戸口はすぐにあいた。

家の中の灯が消えて、ひっそりとしている。

声をかけたが、無論、返事もない。月あかりで行灯《あんどん》をつけた。

家の中に、おはんは居なかった。ざっと見まわしたところでは櫛もない。

裏口が少し、開いていた。

幸吉は裏から外へ出た。すぐ大川の土手である。子供の時、よくおはんとこの土手ですみれを摘んだものだと思い、そんな想い出が甦《よみがえ》ってくることに、又、腹が立った。

小さな唄声《うたごえ》がした。唄っているというより呟《つぶや》いているような文句である。

「藪《やぶ》の鶯《うぐいす》、気ままに啼《な》いて、羨《うらや》ましさの庭の梅……」

長唄だとわかった。子供の手ほどきによく母親が教えていた。この家へ来て間もなく、おはんもよく、それを稽古《けいこ》していた。おぼえが悪いと叱られて、三味線の撥《ばち》でぶたれたり、食事をぬかされたりしていたおはんを、幸吉は思い出した。

「あれ、そよそよと春風が、浮き名立たせに吹き送る……堤のすみれ咲いたづま……露の情けに……」

声がきれて、嗚咽《おえつ》が聞えた。

幸吉の脳裡《のうり》に、或《あ》る日の出来事が鮮明に浮かび上った。おはんが、今の稽古曲を習っていた時である。ある日、母の愛用の三味線の竿《さお》の部分が折れていた。

三味線の皮は天候によって自然に破れることがあるが、竿が折れるというのはよくよくで、故意になにかで叩き折らなければ折れるものではない。

おはんに嫌疑がかかった。その直前まで稽古をつけてもらって、出来が悪くてさんざんぶったり叩いたりされたあげくである。子供心に三味線が憎くなって、なにかで叩き折ったのだろうと言われた。悪いことにおはんが泣き泣き三味線を片づけているのを、幸吉はみていた。次に三味線が発見されたのは、叩き折られて部屋のすみにおいてあった。

どう考えても、おはんの仕業のようであった。おはんは否定した。おどされても、すかされても自分ではないと泣き泣き、言い張ったが、誰も信じなかった。母の折《せっ》檻《かん》からおはんをかばってやった幸吉ですら、正直に打ちあけて詫《わ》びるように勧めたものである。

その時、おはんは幸吉を正面からみつめた。

「本当に……本当に、あたしじゃないんです」

思いつめた眼が、しんと燃えていた。

あきらめと、悲しみと怒りが、眼の底でひっそりと泣いていた。

「あの眼だ……」

と幸吉は声に出していた。

三味線をこわした犯人は数日後に知れた。やはり、母の弟子の一人で、叱られた腹立ちまぎれに、誰もいない部屋から三味線を盗み出し、庭の木に叩きつけて折ったものであった。そのまま、家へ帰ったのが、つい黙っていられなくなって親に打ちあけ、親が小三春のところに詫びに来て真相が知れた。

あの時の、おはんの眼だ、と幸吉は思った。

さっき、加納屋の旦那とはなんでもない、と幸吉に最後に訴えた時の、おはんの凍ったような眼であった。

音のしないように、幸吉は土手に上った。おはんは両手で自分を抱きしめるようにして泣いていた。土手の草に体を叩きつけるような泣き方である。

おはんの悲しみが、素直に幸吉の胸にしみて来た。

東北の貧農にうまれて、口べらしのために人買いに売られた娘であった。

養い親から芸者にされ、無理強いに旦那をとらされても、怨《うら》まないと言った娘である。

幼い日から、あきらめが身についている。

その娘が、必死になって否定した哀しさが、幸吉にはわかる。

三味線の時と……今夜と……。

そっと、おはんが立った。夜あけの気配に慌てたように水ぎわに近づいた。石を拾って袂《たもと》に入れている。

「おい……」

声をかけられて、おはんは幸吉をみた。ぎくりとしたように体を固くし、それから、ふっと胸に抱いていた手を下ろした。

「忘れものをしたので引き返して来たんだ」

近づいた。おはんは手を前に出した。

「これでしょう……」

櫛を幸吉へ差し出した。

「なにをしていたんだ。こんな所で……」

「なんにも……ただ、涼んでいたんです。ねむれそうになかったから……」

逸らした眼に、死がはっきりのぞいていた。

「お返しします……さようなら……」

その櫛を手にして、幸吉はおはんの乱れた髪へ挿《さ》してやった。

「お前にやるために作ったんだ。今まで俺が作ったものの中で、一番、よく出来たんだ」

おはんは泣くまいと歯をくいしばっていた。

「お返しします。あたしはもう……」

前髪から抜いて、押し返した。その手を幸吉は夢中で摑《つか》んだ。

「死ぬ気だったんだな、おはん……」

「違います。あたしは涼みに……」

うつむいたまま、かぶりを振った。

「お前に死なれたら……俺は……どうなる」

自然に言葉が出た。言ってしまってから、それは強い実感になって、幸吉を占めた。

おはんのいない人生を、幸吉は、初めて思いついたようであった。

「おはん……」

誰よりも、おはんを知っているのは自分ではなかったかと思う。三味線の時、泣きながら幸吉にすがった眼の必死な色を信じてやらなかったことを、あとで幸吉はどのくらい、後悔したか。今度はもう後悔しても間に合わなかったのだ。

「おはん……堪忍してくれ……俺はお前を信じることを……忘れていたんだ」

おはんに、二度とあんな眼をさせまいと幸吉は思った。泣いているおはんの肩に夜あけの色が流れて来た。

「おはん……」

抱きよせられて、おはんはじっと幸吉をみつめた。

「あたしを……信じて下さるんですか」

幸吉が微笑した。

「ああ、死ぬつもりじゃないと言ったことをのぞいてはね」

おはんの唇から熱い呼吸が洩《も》れた。全身ですがりついて来た心細げな肩を、幸吉は力強く抱いていた。

土手の夏草に、しっとりと朝の露が下りている。

菊散る

一

あけはなした窓から、心細げな蟬《せみ》の声が聞えていた。

まだ、どこかに夏の気配の残っている二階は六畳だけだが、階下は二部屋あって、それに台所に手洗場、玄関と、狭いながらも庭がついていて、小ざっぱりした一戸建は長屋の多いこの辺りでは贅沢《ぜいたく》なほうの暮しぶりだった。

定まった職もなく、年中ぶらぶらしている貞吉と、そのお袋で以前は髪結いをしていたのだが、ここ数年、神経痛がひどくて、殆《ほとん》ど仕事らしい仕事もしなくなったおくめと二人暮しでは、どうやってこれだけの家を維持して行けるのか、当然、不思議に思ってよい筈《はず》だったが、おしんはそれが、まさか自分の体でまかなわれているとは夢にも思わず、今日も二階で客に抱かれていた。

客は白山下《はくさんした》の紙問屋の主人ということで、

「幸太に、いい仕事を世話して下さる……」

という貞吉の話で、おしんは、もう三度、この二階で身をまかせている。

来ると必ず、おしんに髪を洗わせるのが癖で、最初は上半身、肌をぬいで髪を洗っているおしんをじっとみていたが、二度目からは男が手を貸して、おしんの髪を洗った。

濡《ぬ》れ髪のままのおしんを二階へ運んで、半刻《はんとき》（約一時間）余りも手放さない。どちらかというと変質的な愛撫《あいぶ》だったが、おしんの体は、それにもすぐ応《こた》え、

「幸さんにすまない……」

と瞼《まぶた》の裡《うち》で涙ぐみながら、体をしなわせ、叫び声をあげながら、やがて蟬の鳴き声もふっつり聞えなくなる一瞬に到達して行く。

「濡れた髪の女でねえと、ふるい立たねえなんて、いけ好かねえ旦那《だんな》だぜ」

客が帰って、おしんが身じまいを直していると、貞吉が舌打ちしながら二階へ上って来た。

幸太の兄だから、女房のおしんにとっては義兄に当るが、まじめ一方で酒も煙草も飲まない幸太が、とにかく、十歳から大工の見習として堅気に働いているのに、貞吉のほうは三十近い年になっても、なにをしているのか一向にわからない。

出来の悪い子ほど不愍《ふびん》がかかるというのか、母親のおくめも、どっちかというと、弟の幸太より、貞吉のほうが可愛《かわい》くて、長男の言いなり次第で、全く逆らわない。

仮にも、次男の嫁のおしんを、貞吉が二階で客をとらせ、時には貞吉自身も、おしんを抱いているのを、たしなめるどころか、むしろ、当り前のような顔をしてい

る。

濡れた髪は、あらかた乾いていた。それをおくめが手伝って、なんとかまとめてくれる。

この家の二階でこわれたおしんの髪は、いつも、おくめが結い直した。もともとが、髪結いだから、そこは手馴《てな》れたものである。

近所の眼を避けるように、おしんはまだ夕暮に間のある路地を走り抜けて、深川から本所横網町《ほんじょよこあみちょう》の家へ帰って来た。

出がけに洗濯して干しておいたものをとりこみ、帰りがけに買って来た秋刀魚《さんま》の下ごしらえをする。その秋刀魚や大根を買った銭は、深川の二階で客をとって稼いだ金ではなかった。

何人の客に体をまかせても、おしんは一文の銭も、もらったことはない。

幸太と二人の暮しは、幸太が大工をして稼いでくる金で充分すぎるほどであった。

だが、幸太に仕事があるのは、貞吉の二階でおしんが身をまかせているからだと、おしんは貞吉から教えられていた。

「どういうのかね、あいつは真面目《まじめ》一方なのは結構だが、仕事のほうは、まるっきりものにならないと、親方から言われたんだよ」

最初に貞吉が、その話を切り出したのは、おしんが幸太と夫婦になって半年ほど経った頃だった。

夫婦といっても、式をあげたの披露をしたのというようなものではなかった。

神奈川の在から出て来て、日本橋の仕出し弁当屋に奉公していた十七歳のおしんと、その店へ出入りの大工の棟梁《とうりょう》のところで働いていた二十歳の幸太とが知り合って、どっちからともなく深い仲になってしまった。

忍び逢《あ》いの関係が半年ほど続いて、たまたま幸太の棟梁が川越《かわごえ》のほうで大きな仕事を請負って、三か月ほど江戸を留守にすることになり、無論、幸太もついて行くとなった時、

「修業中で、まだ晴れて夫婦にはなれないが、せめてお袋と兄貴にだけは知らせておきたいから……」

という幸太の申し出で、おしんはおくめと貞吉に紹介された。勿論《もちろん》、幸太が一人前の大工になるまでは、おしんも今まで通り、奉公して、幸太の帰りを待つということであった。

幸太が別れを惜しみながら、棟梁のお供をして江戸を発《た》って間もなく、おしんは貞吉に呼び出されて、思いがけないことをきかされた。

幸太は無器用で、どうも大工としては一人前になれそうにないと、親方が見放したというのである。

「まあ、当人は石にかじりついても一人前になろうと思い込んでいて、とてもじかに話すのは不愍《ふびん》だから、親のほうでよく言いきかせて諦《あきら》めさせてくれというんだよ」

蒼《あお》い顔をして、頭を抱えている貞吉に、おしんはうろたえた。

「なんとかならないんでしょうか。幸さん、あんなに一生懸命なのに……」

親方からも先輩からも可愛がられて、いい仕事をもらっているから、きっと近い中《うち》に一人前になれる。そうしたら、どんな貧乏暮しでも所帯を持って、と、幸せそうに話していた幸太の顔が眼に浮かんで、おしんはそれだけで涙が出た。

「幸太の奴は、馬鹿正直で人がいいから、そうやってみんながかばってくれてるのに気がつかねえんだ。ちょっと目はしのきいた男なら、自分がものになるかならねえかくらい、大概はわかりそうなものなんだが、あいつは思い込んだら命がけ、他《よ》見《み》の出来ねえ男なんでね」

親方もそれを知っていて、当人にそれとなく、謎をかけていたが、幸太のほうがまるっきり通じない。困り果てて親許《おやもと》へ連絡して来たという。

「幸さんは本当に大工が好きなんです。今にきっと棟梁になるって……今更、ものにならないなんて……」

子供の時から大工になりたくて、始終、仕事場をのぞきに行って叱られたもんだと話していた幸太の無邪気な声が、おしんの耳の中にある。

「うちのお袋も心配しているんだ。あいつはものを思いつめる性質だから、ひょっとして大工になれないとわかるとなにをしでかすかしれやしねえ。それでなくとも内気だから死ぬ気にでもなられた日には……そこはお手のもので鑿《のみ》でも錐《きり》でも道具は手近にあるんだから……」

貞吉の言葉に、おしんは慄《ふる》えた。

「なんとかならないんですか、なんとか……」

いくら無器用でも人の二倍三倍、努力すればとおしんは思う。

「幸さんは根気のいい人だから、きっと……」

「そりゃ、俺もそれが一番いいと思う。しかし、親方にしてみりゃ、いくら只飯食《ただめし》わせても半人前の仕事しか出来ねえんじゃ、算盤勘定《そろばんかんじょう》が合わしねえ」

おいてもらって修業を続けるなら、まとまった金を親方に送って頼むより仕方がないと貞吉は言う。

「幸太が役に立たねえ分だけを、こっちで金を送って穴埋めをすりゃ、親方だって出て行けとは言わあしねえ。ただ、そのことは、幸太には内緒にしてやらねえと、あいつが可哀想《かわいそう》だから……」

「お金は、あたしが都合します」

おしんは言わずにはいられなかった。金で幸太の夢がつながれるのなら、なんとしても金を作ろうと思う。しかし、仕出し弁当屋の女中では給金は知れたものだった。

「おしんちゃん、お前、それほど幸太に惚《ほ》れてるなら……」

貞吉が、ささやいた時、おしんは流石《さすが》に蒼白《そうはく》になった。

「幸太に知れねえようにやりゃあいいんだ。客は大丈夫、口の固いのを俺が吟味して連れてくる。なあに、使ったって減るものじゃなし、芝居だって、親のため、亭主のために身を売るのは貞女だって賞めていらあな」

そう言われると、十七歳のおしんでは他に考えようがなかった。なによりも、大工への夢を失った幸太が自殺でもしたらと、心が冷える。

結局、おしんは貞吉の家で、客をとった。

「おしん、お前、珍しい体してるんだってな」

五、六人も客をとった頃に、貞吉がおしんにささやいた。

「一度、お前を抱いた男は、普通の女じゃ、物足りねえって言ってるぜ」

貞吉の言う意味が、おしんにはわからなかった。自分の肉体の構造が、他の女とどう違うのか見当もつかない。ただ、男に抱かれる数が増えて、おしんは自分の体が男を迎えることを決して嫌がらないのに気がついていた。

相手が幸太でなくとも、一度、抱かれてしまうと、体はどんな男にも燃えるだけ燃え悦《よろこ》べるだけ悦んでしまう。その一瞬におしんを襲う恍惚《こうこつ》は相手が誰であっても変りはなかった。

「俺だって、幸太の為にはどれほど苦労してるかわからねえんだぜ。たまには、お前の体で、償《つぐな》ってもらっても悪かねえな」

そんな理屈で、貞吉もおしんを抱いた。

「俺が、なにもかも喋《しゃべ》っちまえば、幸太はどうなるかわからねえんだよ」

脅されて抱かれたのに、おしんはそれでも燃え上った。

「こいつは驚いた。幸太の奴にゃ、もったいねえや」

なにを言われても、どんな扱いをされても、おしんの体は貞吉を満足させるために奔放に動いた。男の意志のままに、どんな姿態を強いられても拒まない。体が醒《さ》めるまでは、おしんは声をあげ、全身で貞吉にすがりついていた。

そのかわり、体が醒めた時がみじめだった。

肉体が燃え上った分だけ、心はずたずたに傷ついていた。

幸太にすまないという気持と、どうせ使っても減るものではないと貞吉が言った言葉とが、いつも、おしんの内部でぶつかり合い、出口のない争いをくり返していた。

幸太が川越から帰って来ても、おしんが貞吉の二階で過す秘密の時間は変らなかった。

一年ほどして、幸太は棟梁から許されて一人前の大工になった。

「俺を名ざしでの注文もくるようになったんだよ。親方も喜んでくれて、これを機会に、所帯を持ちてえ相手がいるなら身を固めろって言ってくれたんだ」

自分でみつけて、もう自分のものだけはひっこしをすませたという本所《ほんじょ》の裏長屋へ、幸太はおしんを連れて行った。まがりなりにも二人で食べて行けるだけのものは稼げるから、仕出し弁当屋のほうは暇をとって、夫婦らしく暮そうと言う。

その幸太の話も、貞吉の語った裏話によれば、金を使って棟梁に頼み、どうにか一人前ということにしてもらったのだという。

それでも、幸太の喜ぶ顔をみると、おしんは嬉《うれ》しかった。言われるままに弁当屋から暇をとり、二人して台所道具などを買った。

その夜、幸太は狂ったように、おしんを求めた。今までの忍び逢《あ》いでは、慌しく果てていた幸太が、はじめて唇でおしんのすべてを愛撫《あいぶ》した。

「友達が教えてくれたんだ。俺はお前の他に女は知らないから、どうやってお前を悦ばせていいのか、わからなくてね」

照れながら、ぎこちなく動く幸太を、おしんは無意識に誘導していた。幸太よりも、おしんのほうが、性にはたくましくなっていた。

どうすれば男が歓喜するかも心得ている。

「おしん……」

夫婦の夜の情はこまやかで激しいものになった。疲れを知らない若い肉体は、うっかりすると抱き合ったまま夜があけてしまう。

それでも幸太は毎日、元気よく仕事に出かけたし、おしんのほうも呼び出されるままに深川へ通った。

二

日が暮れるとすぐに幸太は帰って来た。

所帯を持って二年になるのに、仲間のつきあいも殆《ほとん》ど断わって、仕事先と家を往復する幸太を、

「へん、女房の尻《しり》に敷かれやがって……」

と軽蔑する仲間がいないわけではなかったが、大部分は幸太に好意的であった。

若いのに腕がよくて、お世辞は言えないが、実直で、親方や先輩をよくたてる幸太を、

「あいつはいいよ」

と酒も女遊びも無理強いしない。祝いごとがあって、揃《そろ》って吉原《よしわら》へくりこもうというような時でも、

「幸ちゃんは別口だ。帰りたけりゃ帰ってかまわねえよ」

と誰かが逃げ道を作ってくれる。

その日、幸太はいつもより帰りが早かった。

とぶような足どりで台所へまわってくるなり、

「おしん……」

水仕事をしていたおしんを背後から抱きすくめた。外から運んで来た喜びの感情をどうしていいかわからないように、おしんを抱きしめて唇を吸った。

「あんた……」

唇を吸われただけで、おしんの体には微妙な反応が起っている。立っているのが苦しくなって、おしんは幸太と上りかまちへすわり込んだ。

「どうしたんですよ。だしぬけに……」

「おしん、俺は近い中《うち》に棟梁になるぜ」

興奮が体中にあふれているようで、幸太はそっとおしんの胸へ手をすべり込ませた。そうでもしないと落着けないらしい。

「白山下に美濃《みの》屋という大きな紙問屋があるんだ。そこの旦那《だんな》が前から俺をかわいがってくれていてね」

　ああ、と小さく叫び、おしんは髪に手をやった。おしんに髪を洗わせては、執拗《しつよう》に愛撫した中年男が眼に浮かび、おしんは慌てて頭をふった。おしんの動揺に幸太は気づかない。

「その旦那から、うちの棟梁を通じて、俺に話があったんだ」

　息子が近く嫁をもらうので、若夫婦に店をゆずり、老夫婦は雑司谷《ぞうしがや》のほうに別宅を建てて移るという。隠居所といっても、かなり大きな家で、商売の一部はそちらに移し、住いのほうはかなり凝った建築になる。

「そいつを俺にと名指しなんだ。俺がなにもかも宰領してやってみないかと言われてね」

「棟梁……」

　実質的には棟梁として采配《さいはい》をふることになるし、それが成功したら、これを機会に棟梁として仕事をするようになるだろうと、親方も喜んでくれたと、幸太は張り切っていた。

「俺はやるぜ。きっといい仕事をして、美濃屋の旦那に喜んでもらうんだ。お前にも苦労をかけたが、もう一息だ……」

幸太の喜びが大きければ大きいほど、おしんの心の底に寂しいものが広がっていた。

深川の二階で、三度、美濃屋の旦那に抱かれた結果がこれだと思った。

「あんた、大丈夫かしら……」

ふっと不安が出た。仕事はとれても、無器用でものにならないという幸太に、そんな大きな仕事がこなせるだろうかと思う。

「心配するなよ、うちの棟梁も出来るったけの後楯《うしろだて》はしてやるって言ってるし、俺だって満更、自信がないわけじゃないんだ……」

そうだ、棟梁がついていた、とおしんは気がついた。貞吉のことだから、そこはぬかりなく、棟梁に金を送って、助力を乞《こ》うてあるのだろうと思う。

「よかったわねえ、あんた……」

熱くなった体を、もう、どうしようもなくて、おしんは夫婦にだけ通じる眼で幸太に訴えていた。

翌日、幸太が出かけてから、おしんは深川へ知らせに行った。

幸太が美濃屋の別宅を建てることを話すと、貞吉はひどく曖昧《あいまい》な表情をした。

「白山下の美濃屋さんっておっしゃるのは、この間の旦那でしょう」

おしんが念を押すと、貞吉は大きくうなずいた。

「違えねえ。髪なんぞ洗わせやがって、いけ好かねえ旦那だから、もうことわっちまおうと思ってたが、ま、それだけの仕事がとれりゃ、おしんちゃんも満更じゃねえやな。寝ただけのことはあったよ」

それにしても、棟梁《とうりよう》として仕事をするからには、今からあっちこっちへつけ届けをしてうまく、幸太を助けてもらうよう手を打たねばならないと貞吉は言った。

「早い話が、家一軒が建つんだ。大工一人じゃどうにもならねえ、左官だの屋根屋だの、建具屋だの、そういった連中が幸太を助けてうまいこと協力してもらわにゃならねえからな、そっちへ早く、挨拶《あいさつ》をしとかにゃならねえんだ。つまらねえことで幸太がボロを出したり、恥をかいたりしたら、とりかえしがつきゃしねえよ」

そのためにも、おしんさんには当分、働いてもらわなけりゃならないと薄笑いをされて、おしんはうなだれ、小さくうなずいた。

幸太の仕事は順調に進んでいるようであった。

流石《さすが》に今までのように日が暮るとすぐ帰ってくるということはなくなって、現場が遠いことも手伝って、むこうへ泊り込んだり、夜更けてへとへとになって戻って来たりする。

自然、夫婦の間は淡白になったが、おしんには、むしろ有難かった。連日のように、深川から迎えが来て、客をとらされている。

それでも、幸太の仕事に打ちこむ様子をみていると、心が救われた。

自分が体を売ることで、幸太の幸せが買えるのなら、止むを得ないと諦《あきら》めていた。

気がついて、おしんは朝まいりをはじめた。この上は、幸太の棟梁としての仕事が、つつがなく完成することだけが祈られた。

半年がすぎた。

最後の一か月を幸太は雑司谷の現場へ泊り込んだ。

すべてを終えて、帰って来たのは、長屋の共同井戸の傍に一本だけある梅が二、三輪咲き出した夜であった。

今日、すべてが完成し、美濃屋の旦那に渡して来たという。

「旦那が大変に気に入って下すってね。棟梁にも賞めてもらった。今時、これだけの金でこれだけの仕事は出来るもんじゃない。幸太、有難うって、旦那が俺に礼を言われたんだよ」

明日はお前にも雑司谷へ行ってもらうのだと言われて、おしんはびっくりした。

「あたしが……」

「お前にみてもらいたいんだ。言ってみれば、俺が棟梁としての初仕事なんだ……」

「でも……」

「誰もいやあしないよ。ひっこしは二、三日先だ。まだ留守番の爺《じい》やさんしかいやしないよ」

そう言われて、おしんは出かける気になった。夫婦そろって遠出をするのは最初であった。おしんはとっておきの他行着《よそゆき》に帯も初春のために買ったのをしめた。

あたたかい日で夫婦の小旅行は幸せにくるまれているようである。

雑司谷の新しい家は、おしんが考えていたより遥《はる》かに立派で、見事なものであった。素人《しろうと》の眼にも木組みのしっかりしていることやがっしりした家造りに、棟梁の並々ならぬ腕が感じられる。

「幸さん、来てくれたのか」

不意に庭から品のよい老人が現われた。老妻を伴って家をまわりからみていたものだ。

「こりゃあ旦那、お内儀《かみ》さんもご一緒で」

慌てて幸太が頭を下げる。

「女房の奴に、仕事をみせてやりたいと思いまして……」

ふりむいて、おしんを呼んだ。

「美濃屋の旦那様とお内儀さんだ……」

ひき合されて、おしんは声が出なかった。

「そうかい、お内儀さんを連れて来たのか、そりゃよかった。お内儀さんには長いこと留守をさせたが、おかげで、こんな立派な家が出来ましたよ。今も家内と喜んでいたところだ。幸さんも若いのに、大した棟梁になんなすった。これで、お内儀さんもご安心だろう」

美濃屋の主人の言葉が、おしんの耳の遠いところできこえていた。おしんはただ、茫然と美濃屋をみつめている。白い髪、柔和な容貌《ようぼう》に、おぼえはなかった。

深川の二階で、おしんの髪をぬらし、素裸にして弄《もてあそ》んだ中年男とは、まるっきりの別人である。

「どうしたんだ。おしん……」

美濃屋の老夫婦が立ち去っても、茫然自失していたおしんに、漸《ようや》く幸太が気がついた。

「今の方が……本当に美濃屋の御主人なんですか」

「そうだとも……」

なにを言っているのかと幸太が苦笑する。

「あの……白山下の紙問屋の……」

「そうだよ、それがどうかしたのか」

違うと、おしんの体が叫んでいた。だが、幸太の見たところ、おしんは強く唇のすみをひきしめただけであった。

帰り道に、幸太は神田へ寄った。いい機会だから棟梁におしんをひき合せて行きたいという。おしんは人形のようにうなずいた。

棟梁夫婦は、そろって家にいた。

おしんがみる限り、棟梁夫婦の幸太への態度は、親が息子に対するようであった。幸太の成功を喜び、祝福する言葉は、とても金で買われた芝居のようではない。

思いあぐねて、おしんは幸太が席をはずした際に訊《たず》ねた。

「うちの人は本当に、一人前の職人なんでしょうか」

棟梁と内儀は顔を見合せ、それから笑った。

「そりゃまあ、あの若さで、信じられないかも知れないが、幸太は大した職人だよ。もう十年もしたら、あれだけの腕の大工は江戸中に何人もいないと言われるようになる。そいつはあたしも保証するよ」

何故そんなことを言うのかと反問されて、おしんはおどおどと答えた。

「貞吉兄さんが、うちの人を無器用で大工にはむかないって言ってたものですから……」

「冗談じゃない……」

棟梁が腹を抱えた。

「幸太のどこが無器用なんだ。あいつは大工になるために生れて来たような奴なんだ。馬鹿も休み休み言ってもらいたいね」

別に声をひそめた。

「深川の兄さんのことでは、いつか幸太にも話そうと思っていたんだ。あの家では素人娘を使って、内緒で客をとっているという評判があるそうだ。あんたや幸太の知らないことだろうが、出来ることなら、あまりつき合わないほうがいい。もし、それが事実でお上《かみ》の耳にでも入ったらただではすまないのだから……あの兄さんの貞吉という男も、以前は始終やって来て、幸太の次の仕事はなんだとか、根掘り葉掘りきいて行った。最初は弟を案じてのことかと思っていたが、どうもそうではないらしいので、この頃はうちでも相手にしないんだ。どうして幸太のような真面目《まじめ》な男に、あんなやくざな兄貴が出来たのか……」

おしんは夢中だった。どうやって棟梁の家をとび出したのか記憶がない。

深川の家の玄関を入った時、おしんは跣《はだし》だった。

「おしんじゃないか、ちょうどよかった。今、白山下の美濃屋の旦那がみえてね、お前さんを迎えに行こうと……」

貞吉の言葉を半分きいて、おしんは二階へかけ上った。

今日、雑司谷で逢《あ》ったのとは似ても似つかない中年男が煙草をふかしている。傍に敷いた派手な布団が、おしんを逆上させた。

「あんたは、白山下の美濃屋の主人なんかじゃないわ……誰なんです、いったい、どこの誰……」

「おしん……」

いきなり背後から突きとばされた。よろめいて、ふりむくところを平手打ちで、おしんは眼がくらみ、意識が遠くなった。

「旦那《だんな》、かまわねえから、抱いちまっておくんなさい」

手荒く帯をときながら、貞吉が言っている。

おしんは眼をあけた。壁ぎわに中年男が逃げ腰になっていた。

「乱暴はいけないよ、貞吉さん。だから、あたしは最初から、他人の名前を使うのは気が進まなかったんだ」

「つべこべぬかしやがるな。いやならいやでとっとと帰んな。ただし、銭はお返し申しませんぜ」

あたふたと階段を下りて行く音が聞え、おしんは夢中で起き上った。

「嘘だったんですね。なにもかも……」

体中の血が逆流したようになり、おしんは叫んだ。

「幸さんがものにならないからお金を使ってなんとかするなんて……うちの人は……うちの人は立派な職人なのに……自分の力で、ちゃんと棟梁《とうりよう》になったのに……」

身をもんだ。まさか、幸太の実の兄に、こんな騙《だま》され方をするとは夢にも思わなかった自分の無知が泣いても泣ききれない。

「なに言ってやがる。ろくに女にもなってなかったお前を、これだけ立派な女に仕立ててやったんだ。手前だって喜んで男に抱かれていたじゃねえか。え。亭主でもねえ男と寝て、あれだけ気分出す女は、吉原にもめったにいねえとさ。まっ昼間から声なんぞ上げやがって、今更、騙されたがあきれてものも言えねえや」

屈辱と怒りでふるえているおしんをいきなりあおむけに押し倒した。

「やめて下さい」

はじめての抵抗であった。

「心にもねえことを言うんじゃねえよ」

「人でなし……」

「冗談じゃねえや、幸太にゃ出来ねえ芸当をしてやるって言ってるんだ」

おしんは狂気のように拒んだ。二度と許せなかった。こんな男のために、歓喜したことのある自分の体が情けなかった。

もみ合いが続き、やがておしんの体力の限界が来た。意識が薄れ、男が体に入って来た時、おしんにはそれがもう貞吉なのか幸太なのか考える力が尽きていた。意志のない肉体だけが本能的に男を受け入れている。

どこかで、誰かが喋《しゃべ》っていると、おしんは思った。

「みたかい。幸太、おしんって女は手ごめにされたって、その時が来りゃ自分から腰をふってるんだ。そうだろう。俺が悪いんじゃねえ。この女の体が男を誘うんだ。どうしようもねえじゃねえか」

激しい音がして、おしんの体は男から解放された。急な醒《さ》めにおしんは戸惑いながら、漸《ようや》く、意識が戻って来た。

幸太が枕許《まくらもと》に立っていた。見下すような恰好《かっこう》でおしんをみつめている。貞吉の姿はなかった。

起きようとして、腰が立たなかった。自分が今までどうなっていたのか、おしんにはわかった。体がはっきりとその痕跡《こんせき》を残している。

「あんた……」

幸太へ手を伸ばし、そのまま、おしんは狂ったように泣き続けた。

三

幸太とおしんにとって苦しい日が続いていた。

深川から帰って以来、二人は表向きは夫婦であった。朝になると幸太は仕事に出かけ、おしんは女房らしく洗濯や掃除や縫い仕事をしている。夕方は幸太の好物を整えて待った。

幸太の帰りは遅かった。無理に酒を飲み、必ず、女を抱いてから帰ってくる。無論、おしんには手も触れなかった。

別れよう、と、どちらかが一言言えば、それで終りだった。それがわかっていて、幸太も言えず、おしんはまして、言葉にならなかった。

おしんに罪があるわけではないと幸太にもわかっていた。騙したのは兄であり、おしんは被害者に過ぎない。それでいて、どうにも我慢が出来なかった。どう言葉巧みにもちかけられ、それが幸太への愛情のためだったとはいっても、何人もの男に肌を許し、義理の兄にまで犯された女を、これからの長い一生、女房にしておけるわけがなかった。

ましておしんの体が貞吉に犯されながら、悦《よろこ》びの反応をしめしていたあの日の記憶を幸太は忘れることが出来なかった。

自分は男として、好きでもない女を抱くことが出来るのに、それを女のおしんにはどうにも許せない。といって、幸太はおしんの体を思い切ることが出来なかった。

おしん一人しか知らなかった時はともかく、さまざまの女を抱いてみて、はじめておしんの肉体の魅力に気がついていた。

岡場所に通いつめても、おしんのような体の持ち主にはぶつからなかった。抱いても抱いても、まだその奥に未知の部分を残しているようなおしんの肉体と、いつも、男を満足させようと自分をなくしてかかってくるおしんの心づかいが、幸太には未練であった。

家の外の女を抱くことにも、やがて飽きが来た。仕事に我を忘れようという試みも長くは続かない。

一年ほどの中に、幸太は本所から三度も転々と家を替った。引越すことで、おしんの過去を断ち切りたい気持であった。

ちょうど、本所を出てから一年目に、幸太は泥酔して、おしんを抱いた。抱くより他に解決のしようがないと思ってしたことだったが、最初、ぎくりと体を固くしたおしんが、やがて、幸太に導かれて、次第に恍惚《こうこつ》に入りかけると、幸太の体は急速に冷えた。

深川の二階で、兄に抱かれていたおしんの光景が眼に浮かんで、幸太の欲望はあっという間に霧散してしまう。

十日ほどして、再び、いどんだ時も同じであった。

「動かないでいられないのか」

幸太はおしんをなじった。

「お前は生れつきの淫乱女《いんらんおんな》だ。誰とでも、いつでも、そうなれる」

背をむけて眠った幸太の隣で、おしんは声もなく泣いた。

自分の体が怨《うら》めしかった。誰とでも、と幸太に言われたことが身にこたえていた。それは本能だけのことで、心は幸太だけを愛し、それ故に、肉体の反応が抑えても抑え切れずに湧き上ってくるのだと言いたかった。

深川の二階で、さまざまの男によって燃え上ったあとに、傷つき苦しんだ自分の心のことは、どうにもわかってもらえないのが情けなかった。男と女の仲は、どうあがいても所詮《しょせん》、肉欲でしかないのかと思う。

一夜があけた時、おしんに一つの考えが浮かんでいた。

その試みには、おしんの命がかかっていた。

死んでもかまわないと思う。このまま、地獄のような毎日が、この先、何年続くのかと思うと、おしんには生きる力もなかった。

幸太と別れて、新しい生き方が考えられない自分には、たとい、その一瞬に命をかけても、女の真実を知ってもらえば満足だと思えた。

おしんは身のまわりの整理をした。親兄弟のない身には、この世への心残りもない。

ひっそりと、おしんは幸太がその気になってくれる夜を待った。

秋であった。

珍しく、幸太が早く帰った。菊の花を三本ほど持っている。仕事先が菊畑を持っていて、そこで咲いたのをもらったという。

狭い部屋はすぐ菊の香に包まれた。

「酒をくれないか」

幸太は宵の口からなめるように酒を飲んでいた。おしんはとっておきの長襦袢《ながじゅばん》を寝仕度にえらんだ。白地に朱い菊が咲いている。花嫁のようにしごきもしめた。

そんなおしんを幸太はみるようなみないようなそぶりで、やがて行灯《あんどん》を吹き消した。

幸太の隣へ横たわる時、おしんは幸太の大工道具から一本の鋭い錐《きり》をとり出して、布団の下にすべり込ませた。

「おしん……」

おしんの体を幸太が抱きよせた。幸太の手が少しずつ、おしんの全身を愛撫《あいぶ》して行く。眼を閉じて、おしんは耐えていた。身もだえも、あえぎも許されなかった。石のように体を固くして、ただ、男の手に自らをゆだねている。

幸太の呼吸が荒くなり、やがて、重くおしんを抱いた。

呼吸をつめ、おしんは眼を閉じて幸太を迎え入れた。おしんの内部に、はっきり火の点《つ》く瞬間に、おしんの右手は錐を握りしめ、幸太からかすかに上半身をずらして、力一杯、自分の胸に突き立てた。苦痛は長襦袢の袖《そで》を噛《か》み、声は洩《も》らさない。痛みが、おしんの内部の火を消した。その中で、おしんは燃えていた。

幸太がおしんの異常に気がついて、上体を起そうとした。おしんは最後の力をふりしぼって、幸太の体を抱いた。ただ、強く抱きしめることで、おしんの肉体は完全に幸太を包み込み、微《かす》かに戦慄《せんりつ》した。

男の咽喉《のど》からうめき声が洩れた。

「おしん……」

幸太の体が重く沈んだ時、おしんは小さく叫んだ。

「これでよかったの、あんた……」

声が絡み、呼吸が変った。

血の匂いに幸太は気がついた。

「おしん……」

抱き起そうとして、幸太はおしんの胸に深く突き立っていた錐に気がついた。

「おしん……」

おしんが苦痛の声をあげた。

「あたし、あんたの言う通りにしたわ……だから……許して……」

錐の柄を両手で摑《つか》み、上体の重みをかけるようにして逆に突っ伏した。

「おしん……」

血の匂いの中で、菊が香った。

解説

伊東昌輝

平岩弓枝は、女心を描かせれば天下一品の定評があるが、本書に収められた八篇の作品はいずれもその女心に焦点を当てたものだ。

ご参考までに執筆年代順に並べてみると、密通（昭和34・6別冊文藝春秋）、居留地の女（昭和40・1別冊小説新潮）、心中未遂（昭和44・5小説新潮）、夕映え（昭和44・7別冊小説新潮）、おこう（昭和45・10小説サンデー毎日）、江戸は夏（昭和46・7小説サンデー毎日）、露のなさけ（昭和47・7別冊小説新潮）、菊散る（昭和47・10別冊小説新潮）ということになる。

ただし八篇の中で、「密通」だけはやや毛色が違っていて、これだけが史伝小説というか、歴史上実在の人物を材料にして書かれている。つまり建部綾足《たけべあやたり》（一七一九―七四）は江戸時代中期の才人で、俳人、画家、読本《よみほん》作者、歌人、国学者などとその肩書きは多彩であり、ひじょうに広い分野で活躍した人だ。その中でもとくに有名なのは片歌《かたうた》（古代歌謡における和歌の一形式）の再興の提唱者であることと、中国の小説水滸伝を日本で初めて翻訳したことである。彼が二十歳のとき兄嫁と密通して江戸に出奔したのもこの小説の中に記されてあるとおりだ。

平岩はこの作品を二十七歳という若さで書きあげているが、私が感心するのは、歴史上著名な人物を取り上げているわりには、資料にあまり振り回されていないという点だ。実在の人物を小説化する場合、かなりのベテラン作家でも資料にとらわれて作品をつまらなくしてしまう例が多い。それをこの作者は巧みに主人公綾足の心の葛藤《かっとう》と妻女の揺れ動く女心をからめて、見事な短篇に仕上げている。ちなみに、この年の夏、彼女は第四十一回直木賞を受賞し、プロの作家として華々しくスタートしたのだった。それから二十八年後の昭和六十二年、女性としては初の直木賞選考委員に選ばれることになるが、この二十八年間は平岩弓枝にとって、もっとも多忙であり、もっとも充実した歳月だったのではなかったろうか。彼女はこの間に結婚をし、二人の子を生み、そして時代物、現代物を問わず、じつに多くの作品を発表した。

その中にあって、「居留地の女」「心中未遂」「夕映え」「おこう」「江戸は夏」「露のなさけ」「菊散る」等が書かれた昭和四十年代というのは、彼女が自分の可能性を求めて、テレビ脚本、舞台本の分野に進出し、一応それなりの成果を収めた時期といっておこう。

テレビ脚本「女と味噌汁」は最初単発のつもりだったが、好視聴率のためシリーズものとなり、その後、三十八回にもわたって書き続けることとなる。また、NHKの朝の連続テレビ小説「旅路」、TBSの「肝っ玉かあさん」「ありがとう」も好評で、彼女はテレビ脚本家としても第一線に躍りだす。舞台脚本は「かみなり」（歌舞伎座・中村勘三郎）、「出雲の阿国」（歌舞伎座・中村勘三郎・水谷八重子）、「からくりや儀右衛門」（明治座・伊志井寛）などにより、これも都内の大劇場で女流作家としての名乗りをあげた。

一方、家庭にあっては、まだ幼い二人の子供たちの母であり、子育てにもかなりの時間をさいていたから、仕事との両立がなかなか大変だったが、とにかく持ち前の頑張りで乗り越えていった。たとえば、前夜、どんなにおそくまで執筆していても、子供たちが登校する一時間以上前にはかならず起きて、朝食と弁当を作りつづけた。これは、子供たちが高校を卒業して弁当を必要としなくなるまで約二十年間以上にわたって継続された朝の日課だった。

彼女の作品の中に出てくる気丈でしっかり者で、働き者の娘は、或る意味で作者自身の投影といえるかもしれない。また、困難な人生に敢然として立ちむかう女性たちの姿にも、作者の理想とする生き方、人生観を見る思いがする。

平岩弓枝が好んで書く女性像は、かなり不遇な立場にあり、その上、人生の岐路に立たされたとき、どちらかといえば世間的に見て不利な方向を選んでいるようである。かならずしも安全、安定を求めていない。彼女たちが求めているのは、見せかけの富や名誉などではなく、真実の夢であり、生きている充実感であり、自分の気持にあくまでも忠実であろうとするその姿勢なのだ。

では、なぜそのような不遇な境遇にあっても明るさを失わず、けなげに生きようとする人物像を彼女は常に描こうとするのだろうか。それは、私はやはり彼女自身が育った環境に負うところが大きいと思う。

彼女が生れ育った所は、東京山の手にある神社だった。そこの神主の一人娘として生長したのである。

幼い頃の彼女は、一人娘ということもあり祖父母に溺愛《できあい》され、また周囲の者たちからもお宮のお嬢さんとしてかなりちやほやされたらしい。使用人も多かったし、いわゆる乳母日傘《おんばひがさ》の生活だった。それが一転して明日の生活にも困難をきたすようになったのは、昭和二十年の日本の敗戦だった。

神社は日本の侵略戦争に加担したということで、占領軍から弾圧され、日本人からも白い眼で見られるようになった。その頃、多くの神社がお祭のときに神さまにお供えする物にもこと欠くありさまで、まして神主の生活などというものはまさにどん底といってよかった。

当時、敗戦による没落階級を主人公とした太宰治の『斜陽』という小説がヒットして、戦時中は良かったのに戦後みじめな生活を余儀なくされた人々のことを斜陽族と呼ぶことが流行したが、神社の神主も時流をはずれた階級という意味では、一種の斜陽族といってもよかったと思う。

もっとも、終戦から十年間くらいは、一部の戦後成金を除いて日本全体が斜陽族のようなものだったから、貧乏は平岩家だけのことではなかったのだが、私の知るかぎりでは、彼女は逆境にめげず、かなり積極的にその娘時代を過ごしていたようだ。

大学に通うかたわら、知り合いの病院でアルバイトをして、その金で洋服を新調したり、日本舞踊、長唄、仕舞などの稽古事をしたりしていた。稽古事は多いときには週に九つもやっていたらしい。しかし親から小遣いをせびることはしなかった。

小説を書きはじめたのは、大学に在学中の頃かららしいが、それもどうやら本当の目的は適当な収入を得んがためだったらしい。つまり最初からプロの道をめざしていたのだ。

私などその頃は、仲間と同人誌を作ったり、やれフランス文学がどうのドイツ文学がどうのと、青くさい文学論争にうつつを抜かしていたものだが、彼女はそんなものには見向きもせず、もっぱら小説作法の習練に励んでいたというわけだ。

本書に収められた作品の結末のほとんどは、主人公が己れに忠実に、自分の選んだ道を歩みだすところで終っており、その結果は分っていない。

しかし、作者である平岩弓枝は、昭和三十四年の直木賞に続き、昭和五十四年にはテレビ脚本でNHK放送文化賞を、昭和六十二年には舞台脚本で菊田一夫演劇大賞を受賞して、彼女の選んだ道がけっして誤りではなかったことを立派に証明してみせてくれたのである。

単行本　東京文藝社、昭和五十年一月三十日初版
文庫　角川文庫、昭和六十二年六月二十日初版
本書は、右記角川文庫を改版したものです。

本書中には、今日の人権擁護の観点から、不適切と思われる語句や表現がありますが、作品の時代背景、文学性に鑑み、そのままとしました。

密《みつ》通《つう》

新装版《しんそうばん》

平岩弓枝《ひらいわゆみえ》

昭和62年 6月20日 初版発行
平成20年 2月25日 改版初版発行
令和6年 12月10日 改版12版発行

発行者●山下直久

発行●株式会社KADOKAWA
〒102-8177 東京都千代田区富士見2-13-3
電話 0570-002-301（ナビダイヤル）

角川文庫 15034

印刷所●株式会社KADOKAWA
製本所●株式会社KADOKAWA

表紙画●和田三造

●お問い合わせ
https://www.kadokawa.co.jp/（「お問い合わせ」へお進みください）
※内容によっては、お答えできない場合があります。
※サポートは日本国内のみとさせていただきます。
※Japanese text only

ISBN978-4-04-163016-7 C0193

◆◆◆